Anne-Sophie Stefanini

Une femme a disparu

roman

W0213392

Stock

Photographie de la bande : © Dorian Prost

ISBN : 978-2-234-09637-0

© Éditions Stock, 2024.

Pour Christian Nyassa

« et je ne sais pas combien d'années j'ai passées
à essayer de t'oublier
mais je crains de penser
au nombre d'années que je passerai
à tenter de me souvenir »

Audre Lorde, « Fantôme », *La Licorne noire*

Le 24 mai 1991 une femme a disparu à Yaoundé.

Elle était professeure d'histoire à l'université. Elle a été enlevée devant son domicile et n'est jamais revenue. C'était le temps des villes mortes. Le pays était dans la rue pour réclamer des libertés, des élections et une vraie indépendance. Les étudiants avaient créé un parlement avec des leaders et des noms de code, des économistes signaient des tribunes pour évoquer le coût de la vie qui ne pesait que sur les plus pauvres. La période était révolutionnaire. Le pouvoir avait interdit les manifestations, arrêté les chefs, étouffé les revendications, emprisonné les opposants.

La disparition de cette femme était une disparition parmi des milliers d'autres.

Mais elle m'a marquée, hantée comme si elle était unique ou que ce drame était le miroir de tous les drames.

J'avais dix-sept ans quand on m'a parlé d'elle pour la première fois.

C'est l'homme que j'aimais qui m'a raconté son histoire. Il l'avait connue, il voyait son ombre partout. Et le temps de notre amour, l'histoire de cette femme s'est mêlée à la nôtre.

Quand lui et moi nous sommes perdus, j'ai cru oublier le Cameroun, lui, cette femme.

Comme si elle avait disparu une deuxième fois.

Vingt ans ont passé.

Nous avions disparu tous les trois mon amour.

Et puis j'ai compris que je n'avais pas oublié l'homme que j'aimais, que je n'avais pas oublié cette femme. Que pendant toutes ces années je m'étais perdue. J'avais disparu à mon tour.

Aujourd'hui je cherche toujours cette femme et je nous cherche à travers elle.

Yaoundé à dix-sept ans

J'ai découvert Yaoundé à dix-sept ans.

Je portais un pantalon bleu et un tee-shirt blanc, des vêtements qui deviendraient mon uniforme des années plus tard. Mais ce jour-là j'avais l'impression de flotter dans les vêtements d'une autre, une fille que je ne connaissais pas encore. Je me revois, collée au hublot, timide, impressionnée, muette et je sais que l'avion transportait juste un corps, un esprit vide, une mémoire blanche. Qu'est-ce que j'espérais ?

Je me tenais loin des autres. J'aimais les cachettes. Je n'étais pas encore tombée amoureuse. Je n'avais jamais quitté Paris. J'attendais quelqu'un ou quelque chose qui me ferait grandir plus vite, qui bouleverserait l'ordre des matins, mes peurs d'enfant. J'avais envie d'une révolution. J'admirais Louise Michel, Isabelle Eberhardt, Inès Armand et ma professeure de français en première. Elle m'avait poussée à m'inscrire à un concours organisé par le lycée parce qu'un soir je lui avais confié que je voulais voyager et écrire.

Pourquoi ? Je n'avais pas su répondre.

Chaque année, un échange scolaire permettait à une lycéenne camerounaise de venir deux mois à Paris et une lycéenne parisienne partait à Yaoundé puis à Bikop, un village du Sud, et vivait au sein d'une famille, à son rythme. Les photographies du voyage étaient exposées dans le hall du lycée à la rentrée et le récit publié dans le journal des élèves. Les professeurs parlaient d'une expérience unique, d'une chance. Je les écoutais sans comprendre mais je me répétais ces noms : Paris, Yaoundé, Bikop. J'aimais leurs sonorités. C'était le début d'une histoire ou une énigme.

Ma professeure m'avait prévenue : « Un jeune homme, Jean-Martial Engozo'o, t'accueillera à Yaoundé. Il est étudiant, il t'hébergera une nuit puis te conduira à la gare routière et tu prendras la route de Bikop. »

Je me souviens du poids de mon sac à dos en sortant de l'aéroport et en avançant vers Jean-Martial. D'avoir eu le sentiment à chaque pas de respirer un peu mieux, comme si pendant le voyage j'avais été plongée au fond de la mer. Je n'avais jamais quitté ma famille. Soudain j'avais oublié les mots de ma professeure et je ne savais plus où j'allais ni pourquoi. J'avais peur. Mais cet homme m'offrait l'air qui me manquait. Il avait parlé et tout était revenu : les sensations, les odeurs, la vue. Il était un peu plus âgé que moi, plus grand, plus souriant. Il portait un blouson en jean trop large comme si lui aussi attendait des vêtements à sa taille, que le temps de l'assurance n'était pas encore venu. J'avais senti sa main sur mon épaule, la chaleur, l'air humide. J'avais ouvert la bouche, espérant goûter l'épaisseur de la nuit et qu'elle me révèle le secret de cette ville et de notre rencontre, de ce que j'étais venue chercher.

Il m'avait regardée. « Tu es Constance ? »

Comment m'avait-on décrite pour qu'il me reconnaisse ? Par ma solitude, ma timidité, mon corps flottant, mes cheveux tombant devant mes yeux, le carnet dans ma main comme si tout méritait d'être consigné, retenu ? J'avais répondu à sa question par un sourire et il m'avait entraînée vers un taxi. À chaque arrêt, je regardais le visage de cet homme, ses mains et je l'écoutais me parler de sa ville : « Je suis un enfant de Yaoundé. » Qu'est-ce que ça voulait dire ? Qu'il n'avait jamais quitté la capitale et qu'il connaissait mieux que personne chaque colline, chaque mont qui la bordait et se reflétait dans ses ravins, ses eaux stagnantes, son lac artificiel où l'on pouvait voir la ville et sa copie floue ? Qu'il avait parcouru les rues de tous les quartiers en dur et ceux des baraques ? Qu'il possédait ce monde ? J'étais sûre en l'écoutant et en le regardant désigner tel quartier, tel carrefour, que je ne me perdrais jamais à ses côtés.

« Ce que tu vois c'est Notre-Dame, le monument de la Réunification, le Hilton, le palais de la présidence, mon ancien lycée, l'université, un stade, un marché, une boutique, le lieu d'un crime. Je te le raconterai mais pas ce soir et pas dans ce taxi. On va tourner à ce carrefour. Et voilà la meilleure vendeuse de beignets, et ce bar pour danser jusqu'au matin… » Bientôt je ne l'entendais plus : il était une divinité de Yaoundé, un oracle.

Les images de la ville se succédaient et la lumière orange des lampadaires au sodium créait un brouillard magique. Des hommes approchaient à chaque arrêt pour vendre des mouchoirs et des cigarettes et reculaient d'un bond quand le taxi redémarrait et j'avais l'impression de vagues, d'une chorégraphie qui mêlait tous les temps, toutes les langues. Ce qui demeurait : le corps de Jean-Martial, sa voix, l'exposé de l'histoire de la ville d'un quartier à l'autre, cette teinte orangée, les bars, les passants, les étals confondus par la vitesse et les ombres.

Dans le taxi, à l'exception de Jean-Martial personne n'avait parlé, ni le chauffeur, ni les passagers montés tout au long du trajet. Le front collé à la vitre, je regardais la ville et j'étais saisie par la lumière clignotante des néons, des téléviseurs dans les restaurants, par les phares des voitures. Je fermai les yeux bientôt et n'écoutai plus que la voix de Jean-Martial et le bruit étouffé de la ville. Je me sentais traversée et je me représentais une lame qui pénètre la chair, et qui reste figée, emprisonnée, et je ne sus pas à dix-sept ans, la première fois à Yaoundé et les années suivantes, qui était la captive, qui avait été blessée.

Tout était différent de ce que j'avais imaginé : c'était une succession de scènes comme les diapositives des réunions de famille. Je ne reconnaissais personne, je voyais des sourires, des danses, des baisers, des mines graves, des airs de dispute, des paysages inconnus et je ne pouvais pas les comprendre, je n'étais pas encore née. Mais Jean-Martial décrivait ces scènes, il me racontait une histoire. J'ouvris les yeux à nouveau et les lumières me semblèrent moins aveuglantes. J'entrais vraiment dans la ville.

J'ai aimé Yaoundé tout de suite et surtout la nuit en souvenir de ce premier soir, de cette course : je cherchais la musique des maquis, les corps paraissant danser, fatigués, nerveux. Je cherchais cette impression de fête et la voix de Jean-Martial qui animait la nuit.

Plus tard, à chaque voyage je regarderais la ville en mototaxi ou à la terrasse d'un bar, et je penserais que c'était là que la lumière était la plus belle, la plus crue, la plus tranchante : ici je voyais tout mieux. J'écrirais que les visages et les histoires des hommes, les rires et les drames, avec cette lumière, m'apparaissaient vraiment. Je voyais. Lorsque, après des années d'absence, j'ai retrouvé Yaoundé, j'ai eu le sentiment de tout reconnaître, que la lumière de la ville s'était tapie en moi depuis mes dix-sept ans et que l'éloignement n'avait été qu'une illusion.

Le taxi nous avait déposés à l'angle de l'avenue de Mvolye et de la route de Kribi et j'avais suivi Jean-Martial dans les rues de Biyem-Assi, un quartier populaire. Quand les rues n'étaient pas éclairées, pour ne pas me perdre, je n'avais qu'à tendre le bras et tenir son sac à dos que Jean-Martial portait sur une seule épaule, comme je le ferais toujours moi aussi. Cette image s'inscrivit en moi si profondément qu'aujourd'hui lorsque je pense à cet homme, je le vois marcher devant moi et s'éloigner.

Il s'était retourné : « Tu suis ? » Est-ce que je marchais trop lentement ? Est-ce que c'était une demande, un avertissement ? Je n'ai pas compris

Jean-Martial tout de suite, ses intonations, sa manière de figer le temps, d'attendre une réponse ou de me raconter une histoire. Mais dès ce premier soir je suis tombée amoureuse de ce dos, de sa façon de se retourner, de son regard, de son énigme.

Je me souviens de la traversée de Biyem-Assi à pied et de nos arrêts : pour acheter de la bière et de la limonade, des cigarettes (je n'avais jamais bu de bière avant ce jour, je n'avais pas fumé non plus, je portais les achats avec un sentiment mystérieux de victoire), des beignets, des brochettes. Je voulais me souvenir de chaque geste de Jean-Martial, des prix, des noms ou des numéros de rues. Je ne savais pas encore que je vivrais là, dans ce décor, qu'un jour tout me semblerait familier, que je serais capable d'avancer les yeux fermés en me laissant guider par les voix des vendeurs, la pente des chemins, l'odeur d'un frangipanier devant sa maison.

Il m'avait fait entrer dans une cour puis une pièce éclairée au néon, où deux canapés marron se faisaient face. Des photos étaient punaisées au mur et j'avais reconnu Jean-Martial à tous les âges : « On est chez ma mère et mes sœurs, tu vas les rencontrer. » Aussitôt, comme s'il s'agissait d'un signal, la pièce s'était remplie d'enfants et de femmes qui avaient le même regard que Jean-Martial. J'étais passée de bras en bras, et moi qui étais si gauche je m'étais laissé faire et un sentiment nouveau m'avait envahie : je me sens bien dans leurs bras, j'aime cette famille, j'aime le rire de ces femmes, j'aime leurs questions qui me permettent de me présenter, de retrouver les raisons de ce voyage, qui me rendent ma voix. « Je suis lycéenne. À Paris. J'ai un frère. Non, je ne suis jamais venue ici et je n'ai pas de famille à Yaoundé. Non, je ne reste pas. Je vais dans le Sud, un village près de Mbalmayo. Non, je ne suis pas fatiguée. Non, je n'ai pas si faim. »

J'étais partie à Yaoundé avec le défi de mes dix-sept ans, sans savoir où j'allais, comme des années plus tard j'aimerais prendre la route et rouler, rouler, sans destination précise. Jean-Martial et cette ville me défiaient. Je les regardais : qu'est-ce que je ferais de ces regards, de ce que je découvrais pour la première fois ? Est-ce que je saurais les comprendre ?

La mère et les sœurs de Jean-Martial l'encadraient, aussi grandes que lui, elles riaient, se levaient, apportaient des plats et des verres, touchaient son épaule, sa main, s'assuraient que je mangeais assez. Je découvris une manière d'être au monde, protégée, cachée par ce qui n'était pas encore de l'amour ni même une adoption.

J'étais sûre – et c'était faux comme toutes les certitudes à dix-sept ans – que ces femmes resteraient les mêmes et que je les trouverais inchangées dans un mois, dans un an, dans cinq ans, et avant même de le promettre à Jean-Martial devant le bus qui devait m'emmener à Bikop, je sus que je reviendrais vers ces femmes et que leur assurance, leur force, cette tranquillité que je ne connaissais pas me guideraient.

Pour la première fois, je ne rougissais pas, je regardais les autres dans les yeux, mes vêtements ne flottaient plus, ils étaient à ma taille ou j'avais grandi d'un coup.

Aujourd'hui je sais qu'il m'a fallu du temps, beaucoup plus de temps pour grandir, que cette maison et ceux qui l'habitaient ne contenaient pas le monde, que je partirais, que je changerais ailleurs mais c'est ici que tout est né, que tout a commencé, dans ce salon et dans la chambre qu'on m'a laissée. Je m'étais déshabillée dans le noir, j'avais attendu que les autres me rejoignent puisqu'il y avait cinq matelas par terre à côté du mien, mais j'étais restée seule jusqu'au matin.

Qu'est-ce qui les avait retenus ? Ma peur ? La leur ? Quelles pudeurs, quels usages ? J'étais immobile, n'osant choisir un matelas plutôt qu'un autre, guettant le moindre bruit de la maison, imaginant ceux qui provenaient de la rue mais peu à peu la solitude m'avait paru douce, naturelle, nécessaire : je n'étais qu'impatience et on m'offrait du temps.

Au retour du village deux mois après, juste avant de prendre mon avion pour Paris, Jean-Martial et sa mère et ses sœurs dormirent avec moi : peut-être que je leur semblais moins étrangère.

Tout a commencé ici. Après la première nuit, je me suis levée dans cette chambre inconnue, dans cette ville inconnue, et je n'étais plus la même.

Je tombais amoureuse de toi. Depuis l'aéroport, depuis notre traversée de la ville, depuis que j'écoutais ta voix, sans comprendre qui tu étais et ce que tu voulais me dire.

Tu me manques aujourd'hui, plus de vingt ans après, et je t'écris face à cette maison qui était la nôtre.

C'est Jean-Martial qui avait payé ma place dans le bus pour Bikop. Je m'étais assise et je regardais le chauffeur et lui discuter sur le trottoir. Il me souriait et continuait à parler en sortant des billets de son portefeuille et j'avais compris ce qu'il faisait : il me protégeait, il veillait sur mon voyage. Tout ce que j'aurais – des bouteilles de Top ananas, des chips de plantain, du café –, ce serait grâce à lui, et puis brusquement il s'était éloigné et c'était trop tard pour lui dire au revoir, le remercier.

Il n'était pas venu me rejoindre au village et je ne lui avais pas écrit. Chacun avait agi sans rien dire, en faisant comme si, en serrant contre soi la promesse du premier soir, le souvenir du visage de l'autre, en le serrant si fort qu'il finissait par disparaître en nous. Mais en retrouvant Jean-Martial deux mois plus tard à la gare routière où il était venu me chercher, je sus à quel point il m'avait manqué et qu'il ne ferait plus que me manquer.

Il n'y avait qu'à lui que je voulais dire ces semaines au village, ce que j'avais fait, ce que je ressentais. Je pensais que lui seul pouvait comprendre mes questions, qu'il éclairerait mes souvenirs, les histoires offertes, mes gestes. Comme il m'avait fait entrer dans Yaoundé, il pouvait continuer à me guider. Je voulais lui parler de ce mort que sa famille avait veillé une nuit, comment elle avait dû raconter ce qui l'avait tué, de la danse autour de la concession pour l'honorer, avant l'enterrement le lendemain matin à l'entrée de la maison. Pour moi cet homme était devenu un fantôme dont je me protégerais tous les vendredis parce que ce jour-là, m'avait-on dit, les portes doivent rester ouvertes au village afin de laisser passer les disparus.

Et certains vendredis, c'est ton ombre que je vois.

Mais Jean-Martial ne connaissait pas cette légende : il me dit que chaque village vivait avec ses morts d'une manière unique.

Alors je lui parlais d'un mariage où je n'avais presque pas vu les mariés, cachés derrière leurs familles, et il m'avais regardé avec la même expression que lorsque je lui avais raconté la mort de l'inconnu : « Qu'est-ce que tu ne comprends pas ? Les morts vivent avec nous, et on épouse les parents, les grands-parents, le clan entier, et les fantômes aussi, de celle qu'on a choisie ou celui qu'on a choisi. Ce n'est pas un petit oui. Ça prend du temps. Mais j'espère que tu as dansé surtout.

– Je suis restée assise toute la nuit. »

Jean-Martial avait ri de cet aveu et puis il avait fait un geste et un taxi, plein déjà, s'était arrêté et j'avais ri à mon tour. On passerait notre temps dans les taxis, ma main dans la sienne ou regardant chacun de notre côté, silencieux si souvent, jamais pressés puisque nous n'allions nulle part et que personne ne nous attendait.

Le taxi nous avait menés au lac, dans ce maquis qui deviendrait notre refuge puis une fiction. Des cigarettes, des bières et rien d'autre : je n'avais pas faim et lui, il disait qu'il aurait mangé le buffet complet d'un mariage mais il ne commanda rien.

Et nous ne nous sommes pas mariés.

« Raconte-moi ce que tu as fait pendant ces deux mois au village ? Il n'y a pas eu que le deuil et la noce ? Qu'est-ce que tu vas écrire ? »

Des années après ce voyage et cette discussion, j'ai cherché le texte publié par le journal du lycée mais il est introuvable. Ce soir-là, devant Jean-Martial, j'avais essayé de rassembler mes souvenirs. Une maison basse et ocre, un champ d'arachides et des plantations de cacao, une rivière, une autre langue, des gestes et des heures qui n'appartenaient qu'à ce royaume et à cet âge, marcher, arracher, couper, planter, une lampe de poche qui ne me quittait pas et qui éclairait les visages des filles de la maison, les livres que j'avais emportés, les chemins où je me perdais la nuit, mes mains qui voulaient continuer à faire, à construire, à pétrir et que je regardais comme des mains étrangères, nouvelles et ce plafond que je connaissais par cœur parce que je n'arrivais pas à m'endormir.

J'avais dit tout cela à Jean-Martial et puis cette visite qui m'avait troublée aux grottes d'Akok Bekoé.

« J'y suis retournée plusieurs fois avec le chef du village et puis avec une de ses filles qui a mon âge. À chaque visite l'histoire de ces grottes changeait. Je ne sais pas si elles sont vraiment sacrées. Je ne sais pas quelles histoires croire. La fille s'ennuyait ou elle avait peur et elle m'a dit qu'elle détestait cet endroit, qu'il fallait se dépêcher de partir, que ce n'était pas notre place. Tu connais la légende de ces grottes ?

– “Seul un cœur pur peut entrer là, et marcher sans crainte. Ceux qui en ont deux disparaissent ou restent enfermés dans ces lieux.”

C'est pour ça que la fille avait peur. Je n'aurais pas pris le risque. »

Je n'avais pas compris. Qu'est-ce que ça voulait dire, avoir deux cœurs et deux corps ?

On s'était assis dans ce maquis près du lac de Yaoundé, à une table où il restait deux chaises libres. Jean-Martial avait salué toute la salle et la serveuse, il s'était penché vers moi et je n'avais fait que parler en me tenant le plus proche possible de lui pour que ma voix gagne contre les autres conversations, la musique, les pas des danseurs sur le plancher. Je me sentais pleine de tous ces récits, j'étais ivre et ils tournaient en moi comme une chanson entêtante et je ne savais pas encore que je ne ferais plus que les écrire et les réécrire. Je ne savais pas non plus que chaque air écouté dans ce bar ce soir-là deviendrait une de mes chansons préférées.

« Tu n'as pas dansé au village mais ici on parle, on boit et on danse. »

Tu t'es levé et on ne s'est plus jamais assis : je n'avais jamais dansé avant ce soir. Tu m'as traduit les paroles de toutes les chansons, je n'écoutais plus Dina Bell, tu devenais le chanteur. Aujourd'hui j'écoute les mêmes airs, surtout Sophie *et* Essèlè Nika Cameroun, *et je danse seule et je t'entends.*

Dans la maison de Jean-Martial, j'avais remarqué le premier soir une glacière rouge où étaient rangés des livres, des éditions pirates. En dansant, je lui avais demandé pourquoi et il m'avait simplement répondu : « C'est le coffre de la révolution. » À mon retour à Paris j'avais cherché tous les livres de ces auteurs : Sony Labou Tansi, Tchikaya U Tam'si, Mongo Beti, Wole Soyinka.

Il m'avait aussi dit ce soir-là :

« Je suis un enfant des barrières.

– Qu'est-ce que ça signifie ?

– Les barrières, les maisons, les jardins qu'elles contiennent : je ne suis pas un enfant des rues, je n'ai pas traîné dehors, j'ai passé mon temps à lire, protégé par des barrières. »

C'était faux mais comment aurais-je pu douter de son récit, de ses souvenirs ?

Dans le maquis, Jean-Martial avait désigné d'un mouvement de tête celles et ceux qui nous entouraient : « Ici, sur les murs, il n'y a que des histoires de révolutionnaires et de soldats : les portraits des leaders de l'Indépendance, ceux qui ont été tués pendant la guerre : Ruben Um Nyobè, Félix Moumié, Ernest Ouandié, et on danse en imaginant le pays qu'ils avaient rêvé et que nous n'avons pas eu. On danse et on imagine cette guerre d'Indépendance que nos parents, nos grands-parents ont connue. Les patrons ont aussi accroché des photos de tous ceux qui ont organisé des marches, des protestations, qui ont été emprisonnés ou qui ont été tués par le pouvoir en place. C'est ma grand-mère qui la première m'a parlé de ce bar clandestin, l'unique du quartier quand il a ouvert. Aujourd'hui il y a tellement d'endroits qui ressemblent à celui-là mais aucun n'a son histoire et très peu la connaissent. Certains clients pensent que les portraits aux murs sont des photos de famille et ils dansent ici comme ils danseraient partout ailleurs. Le souvenir de la guerre se perd sauf pour ma grand-mère et ma mère qui continuent à la raconter inlassablement. Ma grand-mère a dansé ici : elle était une combattante de l'UPC, le parti révolutionnaire que l'indépendance négociée avec les Français a brisé. Dans la glacière, tu as peut-être vu un journal et des cassettes : j'enregistre ma mère et ma grand-mère. C'est leur mémoire. Je ne sais pas encore quoi en faire. Mais tu peux regarder les photos au mur, voir passer des ombres, les fantômes du lieu et imaginer trois générations de combattants de la guerre d'Indépendance à aujourd'hui et peut-être que ceux qui dansent préparent d'autres révolutions.

– Tu prépares la tienne ? »

Jean-Martial avait posé la tête sur mon épaule et il m'avait serrée plus fort dans ses bras. Plus tard, j'avais noté son goût pour Marx, Proudhon, Fanon, Mongo Beti, les tracts d'un syndicat étudiant qu'il gardait à la maison, l'heure tardive où il rentrait des réunions avec ses collègues – il n'avait pas bu, pas mangé et j'imaginais une longue table, des papiers, des mots d'ordre criés d'un groupe à l'autre –, son usage fréquent du mot *radical*. Il me disait qu'il était un étudiant puis un professeur comme un autre, qu'il faisait « juste ce qu'il faut ». Mais que fallait-il ? Il ne répondait pas à toutes mes questions comme ce soir-là dans le maquis.

Je me souviens de tout : de ta voix quand tu parlais de l'Histoire, de tes gestes, de ton regard qui révélait ce que tu n'osais pas dire pour ne pas me blesser : « Je ne suis pas sûr que tu comprennes, comment pourrais-tu ? Tu n'as rien lu encore, tu ne sais pas où tu es, tu ne connais pas l'histoire de ce pays, tu es arrivée ici par hasard, tu es lycéenne, tu n'as encore jamais aimé, est-ce que tu vas revenir ? » Et tu avais raison : je ne comprenais pas mais j'ai cherché pour toi : indépendance, maquis, assassinat des opposants, j'ai lu tout ce que je pouvais trouver à mon retour à Paris, je me suis passionnée pour l'histoire de ce pays et des hommes, pour leurs écrits, mais même ignorante ce soir-là et même si j'avais l'impression d'une langue nouvelle, et même si ton regard doutait parfois, et même si j'étais si jeune, j'ai compris dans l'instant ce que nous vivions, j'ai su qu'il fallait tout retenir et je n'ai rien perdu et je suis revenue. Tu m'as offert à ce premier voyage une ville, des écrivains et le goût de l'engagement. Je pensais à cette vie différente que j'espérais : je la voulais avec toi.

On avait continué à danser. Tous les pas que je connais aujourd'hui je les ai appris cette nuit-là et puis, quand la musique s'était tue, à la fermeture du bar, quand on n'entendait plus que le grincement des chaises en plastique qu'on empilait, les verres qui cognaient dans l'évier et le délire d'un homme couché sur un banc, Jean-Martial avait posé à nouveau sa tête sur mon épaule comme si on devait continuer à danser, même sans musique, et il m'avait raconté cette histoire :

« Dans ce bar une femme venait danser presque tous les soirs. Je la regardais de loin. Tu me fais penser à elle : quelque chose dans ta démarche, la façon de te tenir. Tu bouges tes épaules comme elle, tu chaloupes, on a envie de te retenir de tomber. Dès que je t'ai vue à l'aéroport, j'ai retrouvé le souvenir de cette femme que je croyais avoir perdu. C'est pour ça que je t'ai emmenée ici. Mais je n'ai jamais dansé avec elle. Elle était professeure à l'université. J'étais en première année et elle enseignait aux troisième et quatrième années. Tu ne sais pas ce qui est arrivé au Cameroun en 1991, n'est-ce pas ? »

Ça aussi j'ai cherché.

Ça avait commencé par des manifestations d'avocats, de journalistes, d'étudiants. Une tribune avait été publiée dans *Le Messager*, les auteurs emprisonnés et le pays s'était embrasé : à l'université, les étudiants réclamaient des bourses, des laboratoires, plus de professeurs, de logements, de liberté, les leaders s'étaient organisés, avaient pris des noms de guerre. La répression avait été massive, faite d'arrestations, de tortures et de disparitions. Depuis l'arrivée au pouvoir de Paul Biya en 1982, c'était peut-être le premier grand soulèvement populaire.

« Les villes mortes. » Tu avais prononcé ces mots qui désignaient la révolte et moi j'avais pensé à un sens littéral : des villes rasées, des morts partout et je n'avais plus dormi pendant des jours en pensant que l'Histoire aime se répéter et que des révoltes pouvaient surgir encore.

« Cette femme a disparu. On dit qu'elle a été arrêtée et emprisonnée pour son soutien aux étudiants révoltés, qu'elle a été enlevée par l'armée, qu'on a retrouvé son corps dans une décharge près de la prison de Kondengui, et puis non, qu'on l'a vue avec des béquilles, une jambe martyrisée, le visage déformé… Mais elle n'est pas devenue une légende. Tout le monde a oublié. »

Maintenant je sais que toi tu n'as jamais oublié. Et moi non plus. Tu m'as offert cette histoire une première fois, et quand je suis rentrée à Paris, le souvenir de cette femme s'est figé, en même temps que notre danse. Et tout s'est mélangé : quand je pensais à elle, je la voyais danser et s'éloigner. Je ne crois pas avoir parlé d'elle dans mon article pourtant. C'était une femme morte au milieu des morts. Et alors je ne savais rien de ces morts : comment aurais-je pu écrire ce que j'ignorais ? Je n'avais pensé qu'à moi. Ce que ce voyage avait fait, ce que notre rencontre avait changé, qui j'étais, ce que je voulais.

Nous étions revenus à la maison. Nous avions continué à parler, dans la chambre, allongés sur les matelas, en chuchotant pour ne réveiller personne. J'avais supplié Jean-Martial : « J'ai le mal de mer, j'ai l'impression qu'on continue à danser, que le plafond se renverse sur nous et qu'on roule, qu'on roule sur une pente. Parle-moi encore des portraits au mur, des combattants, raconte-moi encore l'histoire de cette femme disparue. »

Jean-Martial a cru savoir qui j'étais et je suis partie à Paris le lendemain avec l'impression que moi aussi je savais qui il était, ce qu'il voulait, comment il vivait, ce qu'il attendait.

« On vivra ensemble à Yaoundé. »

Cet été-là, nous nous étions choisis.

On ne s'embrassa pas et on ne fit pas l'amour.

On attendit le lendemain de mon arrivée, à mon deuxième voyage, un an plus tard.

Chaque année, je retournais à Yaoundé. Toujours l'été et presque aux mêmes dates que le premier voyage. Et chaque fois je restais plus longtemps. Je rêvais en repartant à Paris de cet automne camerounais qui n'existe pas, ce mois d'octobre, la saison sèche.

Il n'y avait plus de chantier d'été, d'association, de professeure de français, de texte à écrire pour le lycée, de travaux au village. Je restais dans la maison de Jean-Martial, et pendant ces mois nous ne nous quittions pas.

Je n'ai jamais autant vécu avec un homme, jamais partagé cette intimité comme avec toi : nos nuits dans la chambre commune, nos levers, nos repas, nos marches, nos discussions incessantes. Je vivais sous ton regard et même quand nous faisions l'amour, nous ne fermions pas les yeux. Je n'ai jamais autant parlé qu'avec toi. Tu me possédais entièrement et je pensais que tu m'appartenais aussi. Pourtant, qui avait béni cet amour ? D'où nous venait cette évidence ?

Nous avions presque dix ans d'écart, un creux qui avait paru énorme à Jean-Martial la première fois qu'il m'avait vue à l'aéroport. Il me le confia lors de mon deuxième voyage à Yaoundé. Pendant cette année, je m'étais dépêchée de grandir comme si rien n'était vraiment impossible et que je pouvais effacer ces années : en passant mon bac, en m'inscrivant à l'université, en lisant. Nous étions désormais deux étudiants, lui à la toute fin de ses études et moi au début, l'âge n'avait plus d'importance.

La nuit je restais silencieuse, je mimais ses gestes, je le regardais et j'espérais que mon regard lui racontait l'histoire de ce corps qui ne savait rien faire, qui n'avait rien éprouvé encore. On fit l'amour chaque jour et chaque nuit avec une gravité, un sérieux qui contrastaient avec nos rires, nos joies, nos visages si jeunes : nous ne savions pas encore jouer. J'apprendrais plus tard mais au prix de cette intensité, au prix de l'évidence qui n'appartenait qu'à nous.

On se disputait sur nos amis, nos familles, nos engagements, nos regards, on était jaloux et attentionnés, on riait de tout, on prenait des bus, des trains la nuit : on voulait voir tous les bouts de ce pays, les découvrir ensemble, on dormait si peu.

Qu'est-ce qu'il en reste aujourd'hui ?

Le souvenir de ta voix quand tu me parlais des années de braise dix ans avant mon arrivée, et le frisson qui me parcourait sans savoir le nombre de manifestations, leur violence, le nombre d'arrestations et le nombre de morts.

Le souvenir de ton rire, pour les choses drôles d'une journée, pour les choses ordinaires, pour ma maladresse, et aussi pour les histoires graves qui se terminaient par une mort, un chagrin, une question. Tu riais tout le temps.

Une cicatrice au poignet après une chute dans une rue de Biyem-Assi. Tu croyais qu'on m'avait coupé la main quand j'étais revenue à la maison et je m'étais moquée de toi. Je n'avais pas su voir alors que tu avais peur tout le temps. Mais de quoi ?

Le rythme de nos danses dans le maquis où nous allions chaque semaine, ta main posée sur mon dos et qui est restée comme un tatouage et la femme disparue dont tu racontais encore et encore l'histoire.

Tous les cauchemars que je faisais dans cette maison qui me paraissait hantée. Des visions comme des orages de montagne : violents, dévastateurs, brefs, qui ne correspondaient à aucun souvenir, à aucune discussion.

Et des images de nous, bien réelles celles-là, qui venaient et repartaient, se mélangeaient.

De ces voyages à Yaoundé, c'est le premier qui est resté gravé et intact. Les autres se confondent : nos nuits, nos corps, les histoires racontées, le visage de ta mère, de ta grand-mère et tes sœurs. Pourquoi ?

« On vivra ensemble à Yaoundé. »

En attendant, il fallait faire tenir en deux mois d'amour dix mois passés l'un sans l'autre. Je croyais que ça ne me coûtait pas : il y avait nos messages, nos appels quotidiens et ce que nous apprenions en l'absence de l'autre. Jean-Martial répétait : « Je deviens meilleur. »

Je ne savais pas ce que ça voulait dire. Était-ce une mise en garde ? Qu'est-ce qui devenait meilleur en lui ?

À mon premier retour à Paris, je lui téléphonais et lui écrivais en cachette et il faisait pareil. Les années suivantes, j'ai menti sur les raisons de mes voyages. Je prétextais des recherches pour mon mémoire puis ma thèse qui était née des premiers récits de Jean-Martial : l'histoire de l'Indépendance et des femmes combattantes dans les maquis, leurs paroles et leurs vies disparues. Je n'avais pas le sentiment de me dédoubler : celle que j'étais à Paris et celle que je devenais à Yaoundé étaient la même personne, je n'avais pas deux cœurs et deux corps, j'aurais pu entrer sans crainte dans les grottes de Bikop, je ne craignais pas alors de disparaître. J'étais celle qui se préparait à devenir professeure d'histoire, à partir à Yaoundé et qui ne restait pas encore. Comme si Yaoundé et cet amour ne pouvaient vivre que deux mois et quelques jours en moi.

Personne ne sut vraiment ce qu'avaient été ces voyages, ce qui avait compté, pourquoi je revenais tous les ans, ce que je préparais. J'avais essayé la première fois de raconter ces deux mois à mes parents, à mes amies mais ma voix me trahissait à chaque récit : tu mens, tu mélanges, tu ne dis pas tout. Je n'arrivais pas à prononcer à voix haute ces mots : « C'est là que je veux vivre », « C'est l'homme que j'aime ». Je finis par me taire et Jean-Martial fit de même : il ne dit rien à ses amis de nos promesses, de ce que nous partagions, de la façon dont il m'attendait. Il raconta à sa mère et sa grand-mère que je venais pour elles, pour raconter leurs histoires, et même si c'était vrai, si pour ma thèse je me servis des enregistrements de Jean-Martial et j'en fis de nouveaux, et même si je passais de longues heures avec elles, aucune de ces femmes ne fut dupe. Pourtant elles ne dirent rien, ne posèrent aucune question, et firent semblant de ne rien voir de cet amour de jeunesse, fragile, qui se cachait si mal.

On croyait que le silence protégeait notre amour, que nous avions besoin d'être les seuls à savoir.

À chaque voyage, année après année, ce qui était une certitude se transforma en une suite de questions : « Est-ce que tu pourrais venir vivre à Yaoundé ? Est-ce que tu aimerais venir vivre à Yaoundé ? Est-ce que tu aimerais que je vienne ? Et si toi tu venais à Paris ? »

Est-ce que nous avions peur ? Est-ce que nous guettions le bon moment et qu'il n'est jamais venu ? Ou est-ce autre chose, quelque chose que je n'aurais pas compris à vingt ans ?

Le dernier voyage pour retrouver Jean-Martial date de 2004. C'était la sixième fois que je venais à Yaoundé. Nous nous étions aimés pendant l'été comme les autres fois et à l'aéroport nous nous étions rappelé nos promesses : on vivra ensemble, on habitera la maison de Biyem-Assi, on enseignera chacun à l'université. L'année suivante sera la bonne : j'aurai terminé ma thèse, je trouverai un poste, je n'achèterai qu'un aller simple pour Yaoundé.

« Je t'attends », m'avait dit Jean-Martial. Avait-il une voix triste et lasse qui aurait pu m'alerter ?

Que s'est-il passé ?

Est-ce que tu en as eu assez d'attendre ?

Je me suis posé la question pendant des mois.

À mon retour à Paris, Jean-Martial m'a appelé de moins en moins souvent, de moins en moins longtemps. C'est moi qui lui téléphonais et je préparais de longues histoires pour le retenir mais c'était vain : il raccrochait et je n'avais plus de mots. Plusieurs fois j'appelai et Jean-Martial ne répondit pas. Je me souviens d'avoir éprouvé une grande douleur mêlée à un sentiment flou, une résignation. C'était mon premier amour. Peut-être que ça devait se terminer ainsi. Il ne m'aimait plus, il disparaissait, il m'imposait son silence et il m'invitait à me taire aussi. C'est ce que je croyais. J'ai imaginé qu'il avait rencontré une autre femme. J'aurais pu téléphoner encore, venir encore mais son silence était si brutal que je l'avais pris aussi pour un reproche. Une faute avait été commise et j'étais coupable. Je me suis raconté une histoire : « S'il n'avait pas commencé à moins appeler j'aurais fini par le faire, sa lassitude était la mienne. Moi aussi j'ai trop attendu et l'amour s'est perdu. »

Je me suis accrochée à ce que je pouvais : ma thèse sur l'histoire camerounaise, les enregistrements de la grand-mère et de la mère de Jean-Martial, des combattantes dont je voulais écrire l'histoire, un plan de la ville que j'avais dessiné, une croix pour chaque lieu que j'aimais, qui m'apparaissait cette année-là comme une scène de crime, des objets, un bracelet, une statuette en bronze, des photos où j'étais à contre-jour. Un décor, des pièces que je pouvais ranger dans des boîtes et oublier. Des histoires que je pouvais écrire et oublier. Mais ça n'arriva pas, au contraire. Chaque fois que j'allais danser, c'est au maquis de Yaoundé que je pensais, à la main de Jean-Martial, à l'histoire de la femme disparue. La carte resta au mur avec deux croix dans le quartier de Biyem-Assi : l'une pour la maison de Jean-Martial et l'autre pour celle de la disparue. Je portais le bracelet, passais une main sur la statuette tous les jours, je regardais les photos et le contre-jour sembla s'effacer peu à peu : je me vis mieux.

Je soutins ma thèse sur les femmes combattantes dans le maquis camerounais pendant la guerre d'Indépendance l'année d'après, je devins professeure d'histoire et chaque trimestre je réservais un cycle de cours au Cameroun : les résistances, les révoltes populaires, les mouvements de rue, les tentations révolutionnaires.

Je rencontrai aussi un homme, je me mariai, j'eus un enfant et je divorçai.

Comment l'aimer lui et t'aimer encore ?

Je n'avais raconté à personne notre amour et pourtant je ne vivais qu'en pensant à toi, à Yaoundé. J'imaginais ta vie, la femme que tu avais rencontrée, tes enfants, tes cours. Je souriais en pensant que si tu m'appelais, si tu venais me voir à Paris, je pourrais te montrer l'héritage de notre amour : mes lectures, mes obsessions, mes révoltes étaient les mêmes. J'étais restée fidèle. Je vivais encore comme si chaque été j'allais te retrouver. Comme si tu pouvais encore m'appeler et me demander de venir.

Je relisais ma thèse et les carnets que Jean-Martial m'offrait à chaque voyage et qui contenaient des citations, des poèmes, des phrases évoquant un journal du quotidien, une liste de courses, des dates qui étaient nos repères, des brouillons de cours, des numéros de téléphone de ses amis, des croquis. Rien qui puisse expliquer le silence de la séparation.

Année après année il n'y eut pas de coup de théâtre, d'appel, de carte postale, de signe, de note dans un carnet qui me serait apparue comme un dernier message, un code que j'aurais enfin déchiffré. Un jour un doute m'a saisie et il ne m'a plus quittée. Est-ce qu'il s'était passé quelque chose que je n'avais pas su voir ? Étais-je trop égoïste, trop jeune pour comprendre ? Est-ce que j'avais accepté le silence et la rupture parce qu'ils m'arrangeaient, parce que j'étais lâche, que je n'osais pas venir vivre à Yaoundé, que cet entre-deux me convenait, que j'avais eu peur soudain de la vie que nous espérions ?

Je dressai la liste de tout ce qui était arrivé pendant mon dernier été à Yaoundé, en 2004. C'était un document de travail pour un cours et soudain l'évidence me frappa : 6 juillet, manifestation dans Yaoundé bloquée par les gendarmes antiémeutes ; 3 août, répression d'une marche organisée par les partis d'opposition au marché central de Yaoundé ; 10 août, nouvelle manifestation et nouvelle répression ; 20 août, un leader du Front social démocratique, John Kohtem, est battu à mort ; et quelques jours après mon départ, octobre 2004, troisième victoire de Paul Biya aux élections présidentielles depuis son arrivée au pouvoir en 1982.

Où étais-je ces jours-là ? Est-ce qu'il aurait été possible que je traverse les manifestations sans rien voir ? Est-ce qu'on y était et avais-je oublié ?

J'avais l'impression que Jean-Martial et moi ne parlions que de l'histoire de ce pays et de ceux qui s'étaient battus et se battaient toujours : est-ce que c'était une illusion, est-ce que cette obsession est venue après, à Paris ?

Est-ce que nous n'avions fait que l'amour et prendre des taxis ? Est-ce que tu manifestais sans moi ? Est-ce que tu aurais pu me dire : j'ai peur pour toi, j'ai peur que ce ne soit pas ta place ou j'ai peur d'être soulagé que tu ne viennes pas ?

Tu me parlais sans cesse de ta grand-mère, qui avait combattu pendant la guerre d'Indépendance. Tu me parlais de tes dix-huit ans à l'université et du courage de la femme disparue (et je me souviens d'un sentiment inavouable, une jalousie que je ne comprenais pas) : est-ce que tu étais devenu un combattant à ton tour et plus cet étudiant qui ne faisait que lire, timide, mesuré, prudent ? Est-ce que c'est pour ça que tu ne m'as plus appelée ? Est-ce que tu avais un secret, est-ce que tu ne pouvais plus m'appeler sans risquer de me le dire ? Est-ce que c'était autre chose que la fin d'un amour ?

Je cherche, je t'écris, je vis sans ces réponses, je te guette.

Pendant des années, à Paris, chaque geste, chaque pas, chaque lecture, chaque amour entrait en résonance avec la vie de Jean-Martial à Yaoundé. Je m'étais bâti un monde sans lui mais en moi un autre monde existait de façon si nette, si vraie que j'avais l'impression de ne pas avoir renoncée à cette vie et je m'amusais à imaginer une vie parallèle où j'aurais choisi Yaoundé et Jean-Martial et je plongeais grâce aux rêves dans cette vie comme si le sortilège des grottes de Bikop avait fonctionné : j'étais une faussaire qui avait deux corps et deux vies, deux mémoires et deux cœurs.

Aujourd'hui je sais qu'après Jean-Martial je n'ai plus aimé de la même façon. Il y avait des certitudes et une intensité que j'avais choisi de lui réserver, peu importe que cet amour n'existe plus, que j'aie tant failli, que Jean-Martial ait disparu.

Allongés dans la chambre de Biyem-Assi, aux heures où il n'y avait personne, où nous pouvions faire l'amour et parler et faire l'amour encore, Jean-Martial me disait qu'il rêvait de devenir écrivain, qu'il serait aussi grand que les auteurs qu'il lisait et dont il pouvait réciter des pages et des pages.

Mais c'est moi qui ai écrit.

Ou peut-être écris-tu là où tu es ? Peut-être tiens-tu ta promesse ? Peut-être que dans un an, deux ans, dix ans, tu m'enverras un roman, une longue lettre, si semblable à la mienne ?

Je m'étais promis d'écrire toutes les histoires de Yaoundé, de Jean-Martial et des femmes de sa famille, des étudiants qui étaient ses amis ou ses fantômes, de la femme disparue.

Toutes mes histoires, mes obsessions, mes personnages venaient de cet homme rencontré à dix-sept ans, de sa ville, de nos promesses non tenues, du vide, des absents, des choses apprises et entendues. Je ne revenais pas à Yaoundé mais à ma manière j'avais l'impression d'y vivre, de marcher dans les rues de Biyem-Assi, de suivre Jean-Martial, de guetter les moments où il se retournait et me souriait.

Je passais mon temps à te chercher mais il m'a fallu du temps pour revenir. Il m'a fallu rencontrer un autre que toi, devenir mère, enseigner, écrire comme nous en rêvions, écrire en espérant que tu me lises. Il m'a fallu imaginer des histoires et m'inspirer de celles que tu me racontais. Et il m'a fallu du temps pour t'écrire cette lettre.

Toutes ces années à Paris sans revoir Yaoundé, sans nouvelles de Jean-Martial, j'avais commencé à écrire. Après mes cours, toujours la nuit en pensant aux nuits de Yaoundé, à sa musique, aux lumières clignotantes, j'imaginais notre chambre de Biyem-Assi ou le fond d'un maquis pour observer les veilleurs et les danseurs, ceux qui buvaient et tombaient, ou restaient immobiles portant tout un monde figé en eux, des élans arrêtés, de grandes solitudes. J'avais publié deux romans mais c'est au troisième que je m'approchai de l'histoire de la femme disparue. Dans les deux premiers, il était toujours question d'oubli, d'une mémoire manquante, d'une héroïne qui vivait entre deux pays : j'étais la seule à savoir qu'elle avait les traits, la jeunesse, la passion de cette femme de Yaoundé que je cherchais et qui m'échappait toujours.

J'avais quarante ans. J'avais remis le manuscrit à mon éditrice avec une gravité nouvelle :

« C'est le livre que je voulais écrire. J'ai retrouvé celle que j'étais à dix-sept ans. J'ai l'impression de payer une dette secrète à tous ceux qui ont compté pour moi à cet âge. »

Une dette à celle qui a quitté un soir sa maison de Biyem-Assi, un quartier populaire de Yaoundé et qui n'est plus jamais revenue. J'avais imaginé la vie de cette femme. Je lui avais donné un prénom, un âge, un corps, un engagement, une radicalité, un enfant, un amour, tout ce que j'avais en tête quand je pensais à elle. Le roman se terminait le jour de sa disparition, le 29 mai 1991, la seule chose vraiment certaine de cette histoire. Ce qui comptait pour moi ce n'était pas l'effacement, pas le fait divers, mais la vie, tout ce qui avait précédé, tout ce qui avait mené à ce jour, tout ce que j'ignorais, tout ce qui me hantait, tout ce dont tu ne parlais pas, parce que seule la disparition t'obsédait.

Je n'avais pas dit à mon éditrice que j'avais écrit ce roman pour te retrouver. Pour que tu viennes à moi. Toi seul pouvais savoir que j'avais raconté, en les maquillant par la fiction, nos années, notre amour, les histoires entendues, notre maison, ta famille, les lieux où nous étions allés et l'histoire de cette femme qui enseignait dans l'université où tu étais étudiant. C'était ta disparue, celle qui nourrissait toutes nos conversations. Et mes cauchemars : on pouvait donc s'effacer, ne plus donner de nouvelles ou ne laisser aucun indice qui permettrait d'être retrouvée, c'était vertigineux.

Mon éditrice me connaissait depuis dix ans : elle avait rencontré mon fils Ruben, son père, mes collègues et amies, elle savait que j'enseignais l'histoire à l'université. Mais c'était tout. À elle, comme aux autres, je m'étais contentée d'aveux mystérieux. Je leur disais que j'avais un peu voyagé au Cameroun mais aussi à Dakar, à Bamako, à Alger. Je croyais encore que j'avais un secret à protéger et qu'il me fallait détourner l'attention des autres. Ne pas dire ce qui avait compté, qui j'étais, qui j'aimais. Ce qui avait été trahi.

L'éditrice avait emporté le manuscrit dans sa pochette bleue en le tenant contre son cœur. Et j'avais repensé à ses questions toute la journée : Qui t'a donné envie d'écrire ce roman ? Qui t'a inspiré cette histoire ? Quel est le point de départ ? Qu'est-ce qui est vrai ?

Tu étais la seule réponse. Et quand je pensais à toi, quand je te voyais en rêve, tu avais encore trente ans comme si le temps s'était figé depuis notre séparation. Je savais que ce roman était un premier pas vers toi, vers cette femme et je t'entendais presque me dire : Viens maintenant.

Quelques semaines après la publication du roman, je reçus un mail de la directrice d'un festival littéraire à Douala. Je le découvris un matin après avoir déposé Ruben à l'école, et je restai figée.

Est-ce que j'espérais que ce serait Jean-Martial qui m'écrive, qui m'invite à revenir au Cameroun, qui fasse le premier pas que je n'osais pas faire depuis des années ?

Je répondis tout de suite.

« Oui, je serai des vôtres. C'est une joie. »

Je n'écrivis pas : « C'est un tremblement de terre. »

Je répétai « oui je serai là, je viendrai » plusieurs fois dans le mail, comme si je voulais m'en persuader, comme si je voulais faire taire cette voix qui me disait que ce retour était impossible, que mon fils aurait la grippe le jour du départ, que ma mère ou son père ne pourraient pas le garder, qu'une étudiante me demanderait d'assister à sa soutenance de thèse.

Je répondis oui tout de suite et plusieurs fois et ainsi je répondais à la seule question qui comptait :

« Pourquoi avez-vous écrit ce livre ?
– Pour revenir à Yaoundé. »

Dès que je reçus mon billet, je t'écrivis. Cela faisait si longtemps. L'adresse mail n'était peut-être pas la bonne mais je n'avais qu'elle. Je t'annonçai mon arrivée. Tu ne répondis pas.

Revenir à Yaoundé

Dans mon roman, j'avais écrit le retour à Yaoundé de mon héroïne après des années d'absence. J'avais imaginé une conversation avec son voisin dans l'avion. Il lui demandait si elle avait de la famille, des amis au Cameroun et elle ne répondait pas, fuyant à la descente d'avion. Elle restait pour lui une silhouette, une impression, une ombre.

Mais c'était mon roman.

Ce n'était plus l'héroïne qui faisait ce voyage mais moi seule.

Le festival m'attendait d'abord à Douala : les rencontres à Yaoundé clôturaient le voyage. Je regardai les passagers descendre de l'avion avec un mélange d'envie et une grande fatigue. Mon voisin ne ressemblait pas à l'homme du livre. Il ne me posa aucune question : il garda son manteau et son béret et ne prononça qu'un mot pour l'hôtesse qui lui servit du vin : « Davantage. » Et lorsque l'avion se posa, c'est lui qui se dépêcha de disparaître, bousculant les autres voyageurs. Je ris de moi-même : « Tout ne peut pas ressembler à ce que tu as écrit. Qui, en dehors de toi, peut savoir l'importance de ce voyage ? Tu es perdue au milieu des classes affaires, des familles qui se retrouvent, des rares touristes, des étudiants, tu es étrangère et peut-être que la ville, les hommes, te sembleront étrangers, que tout aura changé. Tu as cru que tu revenais mais ce n'est pas un retour. C'est une première fois. »

J'avais l'impression bouleversante d'être hors de mon roman, comme on est hors sujet à un devoir de philosophie. Qu'est-ce qui était vrai ? Qu'est-ce que je voulais ? Continuer à vivre dans ma fiction, m'arranger à tordre la vie de celui que j'avais aimé, ou retrouver les vestiges d'une vie, d'une vraie vie ?

À la sortie de l'aéroport, avec le même sac à dos que celui de mes dix-sept ans, avec mon pantalon bleu et mon tee-shirt blanc, je me tenais immobile.

Je t'espérais je crois. Comme au retour du village, lorsque tu m'avais attendue à la gare routière alors que tu ne connaissais pas l'horaire du car qui me ramenait à Yaoundé. Est-ce que je pensais que tu aurais pu me guetter toutes ces années ?

Je respirai profondément, espérant retrouver les odeurs, les sensations de mon premier voyage, qu'un homme me prenne dans ses bras, et que je m'abandonne avec l'impression trompeuse d'être arrivée, enfin. L'air de Douala n'était pas le même que celui de Yaoundé, plus humide encore, et la nuit n'avait pas la même couleur. Je bénis l'obscurité et ma fatigue : rien n'était net, les visages, les contours de la ville, mes propres gestes.

Chaque fois que je revenais, Jean-Martial prononçait ces mots : « Bienvenue dans ta nuit. » Il savait que c'étaient mes heures préférées et le temps de nos marches, de nos longues conversations, de la musique qui guidait nos pas et nos corps. À mon dernier retour, il avait dit : « Tout devrait commencer ou finir la nuit : découvrir une ville, traverser un pays, se rencontrer, s'aimer, écrire, naître et mourir. Nous, on se mariera la nuit. Et le lendemain matin, on ne sera plus sûrs, on se dira peut-être qu'on a rêvé et on aura envie de recommencer et ça n'aura jamais de fin. »

Est-ce que c'était une promesse de mariage ou justement l'annonce que nous ne devions pas nous marier ?

Avant d'atterrir à Douala, l'avion avait survolé des étendues mystérieuses, champs, banlieues sans lumière, usines à l'arrêt. J'avais aperçu un feu. J'avais eu envie de tirer la manche de mon voisin qui ne parlait pas et de le forcer à regarder les flammes, et de lui confier tout ce qui se consumait en moi.

Quand nous allions ensemble à Douala, nous quittions Yaoundé au petit matin, nous prenions un train, et nous restions une nuit dans un vieux quartier de la ville, à Deïdo. On dormait chez tes amis, un couple qui avait déjà une petite fille, tu la portais dans tes bras et j'imaginais une famille avec toi. Le lendemain, on reprenait la route pour Limbé ou Kribi, l'océan toujours. À Kribi je me souviens de l'hôtel Mont-Repos, une chambre dans une dépendance en retrait, proche de la route. Est-ce que tu y vas toujours ?

Je logeais à l'hôtel de la Falaise dans le quartier de Bonapriso et chaque matin, à 8 heures, un chauffeur m'attendait à la réception et me conduisait vers un lycée, une école, l'université catholique, l'Institut français, une galerie pour parler du roman.

Chaque matin, quand la réception m'appelait, j'espérais que ce serait Jean-Martial. Je croyais qu'il pourrait venir à moi, peu importe nos vingt ans de silence, le sien puis le mien. Si j'étais là, c'est qu'ils ne comptaient pas et que le temps pour nous avait tourné d'une autre manière.

Le dernier soir à Douala je devais faire une rencontre dans une galerie d'art. Le lendemain, Yaoundé. On m'avait dit que pour rejoindre la capitale on ne prendrait ni le train ni un vol intérieur mais « l'axe lourd » et j'avais reculé d'un pas comme s'il s'agissait d'une menace.

Une journaliste camerounaise, Hemley, animait la rencontre. Elle était romancière et j'avais lu deux de ses livres avant le voyage. Dans ses *Maquisards*, j'avais retrouvé l'écho de ma thèse sur les femmes combattantes et toutes les conversations que j'avais eues avec Jean-Martial. Les femmes de son roman ressemblaient à sa grand-mère comme si la romancière appartenait à cette famille et sans la connaître j'avais eu l'impression troublante d'une familiarité, d'une connivence.

Est-ce que vous vous connaissiez ? Est-ce que ç'aurait pu être aussi facile ? Les premiers jours j'avais espéré ces mots : Nous avons un ami en commun. *Ou :* On m'a parlé de toi. *Mais rien n'était venu.*

À elle aussi j'avais menti quand elle m'avait interrogé sur ma vie à Paris, ma jeunesse, ma connaissance de l'histoire camerounaise. J'avais dit les voyages. Mais rien de la raison pour laquelle j'étais là à présent.

Devant nous se tenaient une trentaine de personnes, plus proches de l'estrade que pour les autres rencontres. Et derrière, comme un décor, une bibliothèque pleine de tous les livres que Jean-Martial lisait. J'étais fébrile, vacillante. Je me répétais qu'il aurait aimé cet endroit comme si le voyage était un pèlerinage et que chaque jour ici était un pas de plus vers un homme perdu que je ne reconnaîtrais peut-être pas ou vers un cimetière et sa tombe.

Mais tu marches dans Yaoundé, tu lis les journaux, tu fais l'amour à une femme, tu veilles peut-être sur plusieurs enfants, tu habites la maison de ta mère, tes sœurs sont parties, tu vas chaque jour à l'université où tu enseignes la littérature, certains de tes étudiants sont peut-être devant moi. Et nous ne faisons que nous croiser et nous manquer. C'est cette histoire-là pour toi que j'imaginais alors.

Je regardais cette femme qui se tenait à mes côtés et qui m'avait posé la première question, je regardais celles et ceux qui étaient assis, silencieux, concentrés, et j'eus un moment de vertige. Qui était là ? Qui était venu ? Les sœurs, la mère, les tantes, les amis, la femme, les enfants de Jean-Martial ?

« Une femme disparaît. Vous pouvez nous parler d'elle ? »

Mais c'était moi cette inconnue que je cherchais partout en venant retrouver Jean-Martial.

Pendant la conférence, je lus un passage du livre : un chauffeur de taxi qui tourne dans Yaoundé à la recherche de la femme disparue. Soudain j'étais à Yaoundé : je prenais un taxi, je donnais l'adresse de Jean-Martial, la vieille adresse d'il y a vingt ans et je poussais la porte. Je n'arrivais à imaginer ce qui se passait après. Qui serait là ? Qui me reconnaîtrait ? J'eus du mal à lire, je butais sur chaque mot : je voulais précipiter cette rencontre, quitter Douala, rouler sur l'axe lourd, traverser le quartier de la jeunesse.

Hemley me proposa d'aller dîner. « On est un petit groupe d'amis, il y a des étudiants aussi, tu voudrais te joindre à nous ? C'est moi qui te conduis à Yaoundé demain, j'animerai la rencontre à l'Institut comme ce soir à la galerie. On peut aussi ne pas dormir et prendre la voiture au petit matin ? Ou je te ramène à ton hôtel ? »

Dans la voiture qu'Hemley conduisait le lendemain matin sur l'axe lourd, nous étions ivres des rires de la nuit, des soyas mangés dans un tournedos de Deïdo, et d'un poisson braisé et de sa sauce piment dévoré après avoir dansé et trop parlé, des étudiants qui ne faisaient que discuter de littérature, d'auteurs admirés, d'œuvres sublimes et qui nous avaient vues nous échapper vers des hommes plus âgés et moins beaux mais qui se taisaient et n'attendaient qu'un moment de danse, un regard qui ne contenait que le désir d'un soir, rien qui engage, rien qui pouvait nous mettre en danger. Une amitié soudaine, évidente, était née là, à chaque étape, dans chaque bar, à chaque rencontre.

« Je sais que tu aimes Yaoundé et que tu es impatiente. Mais c'est Douala qui va te retenir à présent. »

Je souris.

J'imaginai une nuit à Yaoundé, sans penser à Jean-Martial, aux fantômes de mon livre : juste avec ma nouvelle amie et ceux qui voudraient bien nous servir de guides. Était-ce possible de revenir de cette manière, innocente, légère ? Je ne le pensais pas. Mais j'eus l'impression en regardant Hemley conduire, sûre d'elle, de ses gestes, de la voiture, choisissant une chanson d'Étienne Mbappé, *Alané*, le CD d'un groupe comorien et les chansons d'Anne-Marie Nzié pour bande-son de notre voyage, qu'elle me murmurait de ne pas avoir peur : j'avais eu raison de revenir après toutes ces années d'absence. Tout irait bien.

Je m'étais promis de ne pas m'endormir dans la voiture entre Douala et Yaoundé.

J'étais impatiente, nerveuse, j'écoutais Hemley raconter une histoire, pointer du doigt un arbre, un village, un étal et la vendeuse sur le bord de la route. J'aurais voulu qu'elle aille vite, beaucoup plus vite et je ne pus m'empêcher de soupirer dans un embouteillage, puis à un contrôle de la gendarmerie et quand je compris qu'Hemley faisait un détour. À la place du mort, j'avais l'impression désagréable d'être une enfant qu'on escorte.

Mais rien ne troubla Hemley et quand je lui demandai où on allait et combien de temps ça prendrait, elle répondit de façon énigmatique : « J'ai envie de te montrer un village et une tombe. » Quelque chose céda en moi. Il n'était plus question d'aller vite ou de montrer son impatience. J'étais triste et j'avais peur. Et Hemley le sentit.

« Le premier retour après des années d'absence, c'est le plus difficile. J'avais terminé mes études à Rouen. Un homme, un métier, ma famille m'attendaient ici, j'ai été fêtée mais ça ne m'a pas empêchée de me sentir lointaine et de guetter la femme que j'étais avant de partir. On fait tous semblant de se reconnaître et pour certains êtres c'est vrai, ça marche, on se retrouve comme on s'était laissé la veille. Mais dans la plupart des cas, tout est différent.

– Hier, un étudiant m'a demandé où j'avais vécu à Yaoundé, où je faisais mes courses, ce que je mangeais, et j'ai su à peine répondre. Je me suis trouvée bête, je crois que j'ai inventé une réponse et après j'ai douté de tout ce que j'avais fait et de tous mes souvenirs.

– Peut-être que le village où je t'emmène te fera penser à celui de tes dix-sept ans ? ou peut-être que tu ne vas rien retrouver justement et même Yaoundé te semblera une ville nouvelle. »

Je n'avais rien dit : comment avait-elle su ? Les dix-sept ans, le village, le retour à Yaoundé. Ou était-ce hier, lorsque j'étais ivre, légère et que je ne voulais que danser ?

On traversa le village d'Hemley à l'heure où tout le monde travaillait, presque en cachette, et je regardais les maisons, les chemins, les cours et rien ne vint, aucun souvenir, tout ce qui m'apparaissait et que je pouvais raconter à Hemley, je l'avais déjà écrit. Le silence flotta entre nous, épais, comme la brume qui entourait le village des dix-sept ans à l'aube et qui ne s'est plus dissipée pour moi.

Hemley s'arrêta devant une maison blanche, avec des colonnes de pierres grises qui soutenaient la terrasse et le toit et j'ai aimé cet endroit dans l'instant, l'herbe qui formait comme un gazon, une couverture, les grands arbres qui dessinaient une allée et une clôture, la forêt au loin où résonnaient des bruits de scie et le roulement de l'eau sur les pierres :

« Mon mari prétend qu'à la saison des pluies la rivière concurrence les fleuves mais je n'ai jamais vu ça et on peut se baigner sans crainte. On ira se baigner là un jour. »

Est-ce que cette femme que je connaissais à peine m'offrait un refuge ?

« C'est la maison de mon mari, de sa famille. C'est là que je serai enterrée. J'ai voyagé, j'ai vécu loin, je suis revenue au Cameroun mais j'habite loin du village, alors dès que je peux, je viens ici. J'en ai besoin. Ce qui est drôle c'est que je détesterais vivre là. Mais c'est là que je vais mourir, qu'on écrira mon nom. Je vois déjà mes enfants le faire. Tu vas trouver ça ridicule : j'ai besoin de venir ici pour connaître les tombes, parler aux fantômes. Je ne veux pas d'une mort sur une terre étrangère. »

Je ne trouvais pas ça ridicule mais je ne sus pas le lui dire. Je voulais que l'amitié soit déclarée pour lui parler de toi, de mes fantômes, des tombes que j'imaginais.

« C'est cette tombe-là que je voulais te montrer. Je n'ai jamais connu cette femme mais on m'a raconté son histoire. »

Nous nous étions arrêtées devant une tombe blanche, sans inscription, juste deux petits carreaux de faïence qui formaient une œuvre abstraite qui me faisait penser aux tableaux de Miró ou de Miquel Barceló.

« Elle était espagnole. Elle avait rencontré un oncle de mon mari et elle était venue le rejoindre à Douala. Elle s'était fâchée avec sa famille mais je crois qu'elle en avait trouvé une nouvelle ici et elle avait bâti la sienne avec l'homme qu'elle aimait, dans ce pays qu'elle aimait. Ils avaient eu deux enfants. Et puis on ne sait pas ce qui s'est passé et comment pourrait-on le savoir ? Peut-être est-ce la brouille avec les siens, peut-être était-elle malade avant de venir ou il s'est passé quelque chose ici ? Elle a commencé à être triste et à vouloir mourir. Elle a essayé plusieurs fois. Elle était suivie par un médecin, entourée, protégée mais un jour elle s'est jetée du troisième étage de leur immeuble à Douala. Pas très loin de la maison que j'habite, à Bali. Et elle a été enterrée dans ce village. Personne n'est venu d'Espagne, sauf un cousin, je crois, mais il y avait une telle foule d'amis, de gens qui l'aimaient. Les enfants étaient petits encore et son mari très seul. Quelques années plus tard, il a épousé la meilleure amie de cette femme, espagnole elle aussi, et aujourd'hui les enfants qui sont grands la considèrent comme leur deuxième mère. C'est à la fois triste et beau, n'est-ce pas ? C'est l'histoire la plus précieuse que je connaisse, et dans mes romans je tourne autour d'elle sans pouvoir la raconter, sans savoir pourquoi elle me touche tant. Tu connais ça toi aussi ? L'histoire cachée dans tous les livres ? »

Est-ce que je pourrais raconter à Hemley notre rencontre et notre amour et lui dire que tu étais mon secret et mon trésor et que moi non plus je ne comprends pas pourquoi tu m'obsèdes et ce que je cherche ? Est-ce que nous avons partagé le plus précieux, Jean-Martial ? Est-ce qu'il nous a manqué un geste, un serment pour que l'amour se fige ?

Je ne pouvais pas m'empêcher de me répéter : On choisit un homme, on choisit un pays, et on se tue. Je n'arrivais pas à dire *elle*, comme si ce geste ne regardait pas que cette femme. Il me semblait qu'il s'adressait à tout le monde, à Hemley et à moi aussi, que l'histoire de cette femme était un mystère, qu'elle venait contredire tout ce j'avais toujours imaginé. Cette femme était venue mourir ici. Je m'étais assise et j'avais passé ma main sur l'herbe, la pierre, le tableau : est-ce qu'elle avait été un peu heureuse ?

Était-ce pour ça que je n'étais plus venue à Yaoundé, que je n'avais pas cherché à percer le silence soudain de Jean-Martial ? Est-ce que moi aussi je me serais jetée du haut d'un immeuble sans qu'on sache quels secrets et quelles douleurs j'emportais si j'avais vécu ici ? Ou est-ce que mon rôle, ma place, mon personnage fascinant dans cette histoire c'était cette deuxième femme qui aime, qui sauve, qui vit, elle, sans trembler ?

Dans la voiture vers Yaoundé, on écouta la voix d'Étienne Mbappé à plein volume sauf quand il fallut demander notre chemin pour sortir des routes de terre et retrouver l'axe lourd à des paysans qui n'étaient pas d'ici. Hemley m'expliqua la guerre dans les régions anglophones qui demandaient un statut autonome, une indépendance. « Ces hommes qu'on croise, ils parlent anglais, ils viennent de l'Ouest, ils ont été déplacés par la guerre, certains disent qu'ils ne resteront pas, qu'on ne leur vendra pas la terre, qu'on ne les accueillera pas dans les familles mais regarde : combien de bébés vont naître ici ? » Et je me répétais : « Toutes ces vies, tous ces départs, ces naissances et la mort. Oui, toutes ces vies. Et la mienne ? Est-ce que je resterai ici ? Est-ce que je suis venue en espérant rester cette fois-ci ? »

Je n'avais rien livré de moi. Cent fois sur la route j'avais envie de dire à cette femme ce que représentait ce retour, que j'étais heureuse qu'elle soit là. Je ne la connaissais pas deux jours plus tôt mais elle me semblait plus proche que mes amies à Paris. Je l'interrogeais pour ne pas parler encore mais Hemley ne fut pas dupe et ça nous fit rire toutes les deux. On s'approchait de Yaoundé et comme une promesse faite à la ville et à la jeunesse, je voulus raconter la vérité à Hemley avant d'arriver.

« Je ne sais pas où je serai enterrée. Les miens sont dispersés aux quatre coins de la France. On honore les morts en les portant avec nous, me dit ma mère, et je l'aime tant pour cette évidence. Mais elle, elle sait : elle sera enterrée à côté de mon père. Quand j'étais une jeune fille et que je rentrais de Yaoundé, ma grand-mère me lançait : "Tu es revenue ? Tu n'es pas morte là-bas ?" Je sais qu'elle conjurait sa peur mais petit à petit j'ai compris qu'il y avait pour ma famille dans ces voyages une disparition : je les quittais et je ne donnais pas de nouvelles et je revenais un peu plus changée chaque année. Peut-être que j'ai arrêté de partir pour ne pas disparaître à leurs yeux ? Et parce qu'ici à Yaoundé je ne me sentais pas assez vivante ? Pourtant à Paris je n'étais qu'une étudiante en histoire et ici j'avais un amour, une nouvelle famille, des amis, des lectures, des passions, des envies de révolution, des rêves. Mais je pensais être plus vraie, plus à ma place en m'ancrant à Paris, et en renonçant à Yaoundé c'est l'inverse qui s'est produit : j'ai disparu. J'ai l'impression de me retrouver grâce à ce voyage et depuis que nous roulons toutes les deux. Mais en revenant à Yaoundé, ce n'est pas moi que je cherche. Quelqu'un d'autre a disparu pour moi. C'est lui qui est important et personne ne le sait. »

Je viens te retrouver. C'est la première fois que je le disais à voix haute. Il m'avait semblé que tu roulais avec nous. Et puis je regardais ce qui nous entourait et c'était encore toi que je voyais, et soudain est revenue la dernière image de toi : à l'aéroport de Yaoundé, je repartais à Paris, tu te tenais à côté du bureau des douaniers, une vitre nous séparait. On aurait dit un parloir, comme si tu étais prisonnier ou alors c'était moi qui en te quittant entrais en prison.

Je remerciai Hemley de n'avoir pas ralenti, pas tourné la tête et de n'avoir pas reposé de question.

Elle poussa la musique plus fort.

« Tu sais, cette route, Yaoundé-Douala, cet axe lourd, c'est le lieu de tous nos disparus. Chacun ici a perdu un amour ou un parent dans un accident et si on devait élever une stèle pour chaque mort, tu en trouverais partout. C'est tellement dangereux, surtout la nuit. C'est la route qu'empruntent les gros camions qui traversent le continent et ceux qui ne peuvent se payer ni un billet de train ni un billet d'avion ou ceux qui comme nous sont pressés. Ils boivent, ils roulent trop vite et le matin tu retrouves des restes de voitures, un car renversé ou un camion en travers de la route. Mais tu as vu comme je conduis bien : personne ne va disparaître aujourd'hui. Tu vas retrouver Yaoundé et tu pourras y chercher qui tu veux. »

On arriva à Yaoundé en fin d'après-midi. Il faisait déjà nuit. Sans oser en parler à Hemley, je cherchais la route que Jean-Martial choisissait quand il venait me chercher à l'aéroport, en taxi d'abord puis avec sa propre voiture. Je pensais : « On traversera la ville comme on pourra et je verrai bien ce que je reconnaîtrai en premier. »

Soudain la nationale 3 où nous roulions et la route qui venait de l'aéroport fusionnèrent et je reconnus le boulevard de l'OUA, le carrefour de Mvog-Mbi, le boulevard de l'OCAM, le boulevard du 20 Mai, la place Ahmadou Ahidjo. Je ne savais le nom d'aucune rue, d'aucun boulevard, je les découvrais maintenant, je m'en souvenais par leur usage, le nombre de fois où j'avais fait ce trajet en voiture, en moto, à pied : c'était la rue d'une banque, d'une pharmacie, d'un marché, d'une église, d'un musée, c'était là qu'habitait un ami, et encore un autre. Je me fichais de savoir si la ville avait changé, ce qui était neuf, ce qui avait survécu. Yaoundé était comme un visage aimé et caressé après une longue absence. Je baissai la vitre complètement : l'air était le même, les lumières de la nuit aussi, la musique de la ville et je reçus le coup sans me protéger : la ville me frappait pour que mon cœur reparte. Si parfois je n'arrivais pas à me repérer, une impression s'imposait aussitôt : « Tu sais où tu es, il suffit d'avancer un peu et tu retrouveras ton chemin. »

Hemley s'était tue depuis notre entrée dans la ville, elle me regardait et elle riait : « On dirait que tu es chez toi. On dort à l'hôtel Mérina, sauf si tu veux que je t'emmène ailleurs dès ce soir ? »

Pour rejoindre Biyem-Assi, à partir de la place Ahidjo où la voiture était garée, il suffisait de prendre l'avenue Atangana à gauche, de gravir la « colline de la foi » comme je l'appelais avant, de longer le cimetière de Mvolye, de redescendre par l'avenue de Biyem-Assi et de choisir au hasard les rues sans nom : la 7260, la 7295, la 7255, et la petite 7285, tout autour du lycée, et là, trouver la maison, la cour, le frangipanier dont les racines soulevaient le sol de la chambre de Jean-Martial. Je fis le chemin dans ma tête comme je l'avais fait si souvent à Paris mais j'étais si près maintenant : il n'y avait plus de distance, plus de temps, dans une ville sans feux rouges.

Dès ce soir, je pouvais retrouver ta maison.

Je fermais les yeux, je n'arrivais pas à dire ces mots : Allons-y, c'est pour cela que je suis ici. Alors Hemley décida pour nous. La rencontre à l'Institut français commençait à 19 heures. Nous poserions nos valises à l'hôtel, et on se retrouverait à la réception pour préparer la discussion.

« Après tu feras ce que tu veux. »

Je devais parler de mon livre là où il était né, là où toute l'histoire se jouait, où une femme disparaissait, où un homme explorait la ville. J'avais rêvé cette scène si souvent. J'avais imaginé le tremblement de ma voix, la peur immense de décevoir ceux qui seraient dans la salle et qui d'une certaine manière connaissaient cette histoire de luttes, de résistance, d'amour et de mort, mieux encore que moi. Mais il y avait eu tant de rencontres, la répétition des mêmes questions et des mêmes réponses, que j'eus l'impression d'une rencontre identique aux autres.

Je rougis en remerciant les organisateurs mais, même si je me forçais à raconter avec plus de détails, plus de flamme certains épisodes du livre qui se passaient à quelques rues de là, je savais que je jouais ou que j'attendais un accident, un imprévu, qui ne vint pas.

Jean-Martial et sa famille n'étaient pas dans la salle. Les amis de ce temps-là non plus. Personne ne se souvenait de moi à dix-sept ans, personne ne me prit dans ses bras en m'appelant « ma petite », personne ne vint me dire : « Ta voix est plus douce, plus légère. Ce n'est pas la voix du passé, de mes souvenirs, ni celle de nos appels, quand nous nous racontions nos vies pendant des heures. C'est la voix du présent et tu es bien présente. J'ai vu que tu ne me reconnaissais pas. Ça n'a aucune importance, tu sais », et la discussion aurait repris comme si nous nous étions quittés la veille et nous aurions parlé devant une bière, ou des litres de café, des élections, de la guerre, d'histoires de taxi qui nous faisaient rire. Comment aurais-je pu leur en vouloir de ne pas être là ? Je n'avais annoncé mon retour à personne.

Je croyais à une forme de magie, d'intuition, un face-à-face qui n'aurait demandé ni effort ni explication. Nous étions seuls et séparés et soudain nous serions ensemble et tout nous semblerait évident. Je vivais dans mon roman et tu l'habitais aussi. Mais ce n'était pas suffisant.

Dans la salle de l'Institut, il y avait un mélange d'étudiants, de professeurs, d'expatriés, de représentants officiels. J'avais remarqué deux garçons et une fille assis côte à côte au premier rang, ils prenaient des photos et des notes, et l'un des deux hommes avait un regard qui m'avait figée parce que je n'avais pas su s'il y avait en lui de la méfiance, de l'attention, un désir de séduction ou d'exécution. J'avais parlé à la salle en faisant attention de ne plus le regarder mais en ne m'adressant secrètement qu'à lui.

Les questions furent nombreuses. Chacun raconta un souvenir que la discussion autour du livre avait fait naître : une autre femme disparue, un autre étudiant qui avait dû fuir, mais même là j'avais l'impression d'un déjà-vu, et je me penchai vers Hemley qui, j'en étais sûre, connaissait ce sentiment :

« J'en ai un peu marre de parler de ce livre.

– Il est temps de fumer et de boire, c'est ça ? »

Comme à Douala, Hemley vint me retrouver après la séance de dédicaces : « Les jeunes-là – et elle désigna le trio qui s'était assis au premier rang –, ils nous proposent de nous emmener prendre un verre, puis d'aller dîner. Ils ont un cercle de lecture à Yaoundé, ils écrivent aussi. On dit oui ? » J'avais recroisé le regard de l'homme et cette fois aucun de nous n'avait baissé les yeux.

J'aurais pris un verre avec le premier venu à cet instant. Tu n'étais pas dans la salle, tu ne savais peut-être même pas que j'étais revenue à Yaoundé. Je me trouvais si gauche, je me retournais sans cesse, espérant que tu passerais la porte de l'Institut, je sursautais à chaque voix nouvelle. Mais tu n'étais pas là.

Les jeunes montèrent dans la voiture d'Hemley. Je les regardais serrés et joyeux sur la banquette arrière. Et dans le rétroviseur je voyais l'homme qui aurait pu être Jean-Martial si le temps n'avait pas filé si vite, qui avait l'âge que Jean-Martial avait quand je l'ai rencontré. Une conversation secrète semblait naître entre cet homme et moi : qui es-tu ? qu'est-ce que tu me veux ?

On se dirigea vers Hippodrome, le quartier des banques d'affaires et des hôtels aux standards internationaux. La voiture s'arrêta devant l'un d'eux et son restaurant La Cantine. À l'intérieur, je m'amusai de la moue d'Hemley : les jeunes, pensant nous faire plaisir, avaient choisi un restaurant qui nous fit l'effet d'un hall d'aéroport à l'aube, très propre, très triste, très froid. Hemley tournait dans la salle vide, n'osant pas s'en aller, elle s'assit à la table la plus grande, sous le feu de la télévision et de la musique d'ambiance, et elle fit signe à tous de s'asseoir.

Hemley et moi et ces jeunes gens inconnus – est-ce que je connaissais leurs prénoms ? est-ce que nous avions échangé plus de trois politesses à cette heure de la nuit ? –, nous avons mangé des pizzas en soutenant des équipes de football inconnues rien que pour pouvoir se lever et crier.

Le restaurant se remplit et se transforma en discothèque clandestine. Je n'étais pas encore saoule malgré le vin et la fumée. Chaque scène se découpait nettement : le coin des danseurs, celui des fumeurs, la télévision allumée, un match de foot qui n'intéressait plus personne, et nous, Terence – on avait fini par se présenter – et moi, qui restions côte à côte, plus proches. Il fallait vaincre la timidité et ce qui n'en était pas : peut-être de la gêne et le sentiment d'un secret, qui attendait ce moment, cette nuit, mais son aveu tardait et j'étais fatiguée. Là aussi, dans ce restaurant du quartier Hippodrome, je n'espérais que Jean-Martial.

J'écoutais Terence sans quitter des yeux un danseur autour duquel des hommes avaient formé un cercle. Il ne suivait pas la musique, ses gestes étaient lents, mesurés, tremblants, comme s'il imitait les battements de mon cœur. Il était très grand, il portait une tunique blanche avec des bandes bleues et des manches qui glissaient sur ses bras lorsqu'il les levait haut vers le plafond, les yeux fermés. Il ressemblait à un oiseau et je pensais qu'il était un présage, un fantôme, qu'il annonçait une arrivée, une rencontre, de l'argent ou un cyclone. Il pointait du doigt des ombres sur les murs et je ne savais pas les lire.

Est-ce que tu dansais seul toi aussi depuis que nous ne dansions plus ensemble ?

Terence avait fait une école de journalisme à Yaoundé. Il avait obtenu une bourse et il était parti à Lille pour une année de master. Il avait fait un stage à *La Voix du Nord*. J'étais allée deux fois à Lille pour présenter mes romans. On aurait pu se croiser.

« Non, je ne lisais pas de romans avant cette année, je ne lisais que des essais et des livres d'histoire.

– Qu'est-ce qui a changé ? »

Il sourit.

« Rien. Je suis rentré à Yaoundé. Avant je détestais ça, les romans. Je ne cherchais que la vérité comme dans mes enquêtes. Mais j'ai relu mes articles et je me suis dit qu'aucun d'eux ne contenait la vérité. Je travaille aux pages faits divers de *Cameroon Tribune*. Je n'ai pas choisi et je crois que je suis très mauvais. »

Il se tut.

J'étais si triste : il n'était pas toi, personne ne pouvait l'être. Il n'avait pas ton assurance, ta voix. Ce n'était pas un signe, ce n'était pas la chance que je traquais partout depuis que j'étais arrivée à Yaoundé. Il ne m'offrait ni mon passé ni un pardon. Il n'était même pas ton fils, ton petit frère, un ami : il ne me parlait pas de toi.

Pourtant, quand il me demanda de le suivre, je dis oui sans condition. J'avais sur les lèvres des mots qui ne s'adressaient pas à lui, qui venaient de loin et que je ne pouvais pas dire : « Emmène-moi, partons ensemble. »

On marcha et je me demandais si on allait traverser la ville ou juste deux rues. Mais Terence savait ce qu'il voulait me montrer et quand il s'arrêta devant une fontaine publique, je m'assis sur l'une des hautes marches de béton. Nous n'irions nulle part ailleurs ce soir.

Terence n'arrivait pas du passé. Je le regardais et j'avais parfois l'impression qu'il avait surgi du livre. Il ressemblait davantage au personnage de Jean-Martial que j'avais imaginé qu'à celui que j'étais venue retrouver. Il était ce jeune journaliste, provocateur, solitaire, qui prenait des risques mesurés dans ses écrits et de plus grands risques dans la vie, notamment celui de m'emmener ici et de retarder le moment de se confier sur ce qui comptait vraiment. Il fumait lentement. Puis il jeta son paquet de cigarettes, et parla enfin.

Il avait lu mon livre en une nuit, il n'avait pas pu s'arrêter et depuis il le relisait. Cette histoire habitait ses pensées. Pas parce qu'elle lui avait plu.

« Vous n'avez pas fini ce roman, et ce qui manque c'est le plus important. »

Pendant la journée, la fontaine publique et les escaliers tout autour étaient occupés par les jeux des enfants, les allées et venues des femmes et des hommes portant du linge et des bidons. La nuit, le lieu était désert mais on pouvait entendre l'écho des rires, des cris, des pas, et le murmure d'une rivière souterraine. Terence parlait et j'entendais sa voix mais aussi toutes les voix de la journée.

« J'ai lu votre roman sur les marches de cet escalier. Je lisais et puis je regardais les gens, ceux qui portaient l'eau, ceux qui cherchaient comme moi un abri, ceux qui étaient toujours là, immobiles, muets, et je pensais à vos personnages, à cette femme. Elle ne disparaît pas très loin d'ici. Est-ce qu'elle venait là ? Vous dites que c'est un roman mais on le devine : cette femme existe. Pourquoi ne pas avoir enquêté sur elle ? Pourquoi l'inventer ?

– C'est vous le journaliste, non ?

– Vous aimez cet endroit ? Il vous inspire ? Vous croyez qu'on pourrait rester ici jusqu'au lever du jour, la place se remplirait et on demanderait au premier venu son avis sur cette femme, s'il la connaît. On pourrait avoir de la chance, non ? »

Je souris. Je croyais encore que cet homme cherchait à me plaire.

« Pourquoi vous n'avez pas écrit ce qui est arrivé à la femme disparue ? Il faut raconter la fin de cette femme, pas seulement sa disparition mais la vérité : qui l'a enlevée, qui l'a tuée, où est son corps ? Si vous ne le faites pas, c'est vous la coupable. Dans ce pays vous croyez vraiment qu'on peut se contenter d'approximations, d'un mystère confortable ? Il faut dire les choses, il faut nommer les coupables, il faut crier la vérité. Qui a tué cette femme ? »

Je lui répondis sèchement qu'il n'avait qu'à le faire. Que les livres appelaient d'autres livres et que je lui offrais cette histoire.

Je l'avais tutoyé : « J'ai écrit ce que je croyais. Maintenant cette histoire t'appartient. Tu peux tout faire. Raconte-moi la fin de cette inconnue. »

Plus tard, quand nous marchions vers mon hôtel, je tentai de répondre vraiment à sa question.

« Je voulais que le livre soit comme la vie : on ne sait pas, toutes les enquêtes ne sont pas résolues, on ne retrouve pas toujours ceux qu'on aime, on doit se contenter de vivre avec nos mystères et de faire avec. Pourquoi les livres seraient-ils différents ? Pourquoi faudrait-il tout savoir ? Oui, tu as raison, j'étais sûre que la femme payait le prix de son engagement politique, elle était du côté de l'opposition, elle soutenait les manifestations, elle poussait même ses étudiants à occuper l'université, à écrire des tracts assassins sur le pouvoir. Elle allait à une réunion clandestine et je pense qu'elle a été enlevée par les services de l'État cette nuit-là, et qu'elle a été tuée. Mais aujourd'hui en revenant ici, est-ce que j'en suis sûre ? C'est le plus probable, c'est tout le sens du roman. Mais est-ce que c'est sûr ? Tu connais cette ville : est-ce qu'elle n'aurait pas pu tomber sur un voleur, un assassin ? Et puis elle, cette femme, tu as senti sa fragilité, ses contradictions : est-ce qu'elle n'aurait pas pu disparaître volontairement ? Est-ce qu'elle n'en a pas eu assez d'être la mère, l'amante, la professeure, la militante ? Est-ce qu'elle ne pouvait pas s'offrir une deuxième vie, une deuxième chance et tout recommencer ailleurs ? Voilà tu as le choix, et tu peux faire ce que tu veux avec cette femme et toute son histoire. »

Terence s'arrêta de marcher. Il me regardait pendant que j'essayais de me justifier et de le convaincre, je n'ai pas tourné la tête et j'ai su ce que disaient ses yeux et j'ai eu l'impression troublante de le comprendre dans l'instant comme lorsque Jean-Martial commençait une histoire et que je devinais la fin. Il n'y avait aucune menace, aucune peur, il ne jouait pas, et il n'écrirait pas ce qui n'était pas à lui, il avait trop à faire déjà avec ses trente ans à Yaoundé, sa vie, ce qu'il devait réussir à dire, à écrire.

« J'aimerais que vous repreniez cette histoire et que vous la terminiez. J'aimerais lire la vérité. Je voudrais connaître la fin de cette femme et pouvoir me pencher avec vous sur sa tombe. Je voudrais pouvoir la pleurer. »

Si tu avais lu mon roman, est-ce que toi aussi ça t'aurait manqué, que je n'indique pas l'emplacement d'une tombe, le nom des coupables ? Est-ce que si tu étais devenu écrivain comme tu le voulais, c'est ce que tu aurais fait ? Tu aurais enquêté, tu n'aurais laissé aucun doute, tu lui aurais rendu justice ? Est-ce que tu m'avais raconté la disparition de cette femme et son histoire parce que je lui ressemblais ? Est-ce que nous avions dansé parce que je lui ressemblais et que tu avais voulu si souvent danser avec elle sans le pouvoir ? Est-ce qu'en imaginant la vie de cette femme, sa disparition, j'avais trahi notre danse et tes vœux ? Est-ce que j'avais écrit la disparition de cette femme ou la tienne ? Est-ce que Terence était ta voix, ton messager et que, par ton silence qui n'avait pas de fin, tu me demandais de chercher ? Mais quoi ?

J'avais frappé longuement, en vain, à la porte d'Hemley en pensant aux mots de Terence : « Est-ce que mon livre est inachevé ? Est-ce que je suis venue ici pour le terminer ? Est-ce que je sais ce qui est arrivé à la disparue de Yaoundé ? »

Le lendemain, j'avais proposé à Terence de déjeuner.

Je le rejoignis dans un restaurant, près de l'école de journalisme de Yaoundé, où le jeune homme avait assisté à une conférence.

Quand je vivais à Yaoundé, je retrouvais souvent Jean-Martial là, dans le quartier de Ngoa Ekélé. Je l'attendais dans un bar à côté du château d'eau et on discutait pendant des heures. Parfois nous n'avions pas la force de rentrer dans la maison de Biyem-Assi, nous dormions à la cité universitaire voisine, dans la chambre d'un de nos amis et je me réveillais en imaginant que j'étais une étudiante dans cette ville que je ne quitterais jamais, que Jean-Martial m'offrait un morceau d'avenir.

J'avais imaginé pour mon roman le personnage de Jean-Martial. Il était journaliste au *Messager*. Il connaissait bien la femme disparue. Je le voyais marcher dans ce décor, rencontrer des étudiants de l'école de journalisme, discuter avec eux de la façon dont la presse devait couvrir les manifestations, ce qu'elle pouvait dire de l'opposition, comment contourner la censure.

Je voyais mon personnage sortir de l'ESSTIC comme l'avait fait Terence avec son air toujours préoccupé et sourire à la femme qui l'attendait.

Ce jour-là, en attendant Terence, je convoquai le passé, le présent et la fiction. Je tenais le menu dans ma main et regardais les passants d'un côté, les autres tables de l'autre, j'avais l'impression de reconnaître les silhouettes de mon roman et ma jeunesse. Terence s'assit et je reculai ma chaise instinctivement : il était un mélange de mon personnage et de mon amour. Comment ne pas trembler ?

« Je n'ai pas très faim », dit-il.

On commanda des bières.

« Tu es heureuse d'être ici ? »

Il n'attendit pas la réponse : « Tu te souviens de ce que je t'ai dit hier ? Tu me dois la fin de ton roman. Où a-t-elle disparu ? » Il désigna une vieille femme qui déjeunait seule : « Ça pourrait être elle, tu crois ? Tu pourrais laisser la vie sauve à ton héroïne : elle n'a pas été tuée, elle a été enlevée par la police, retenue illégalement pendant des années, libérée et blessée, elle est folle peut-être.

– Tu es en train d'écrire cette fin.

– Je voudrais que tu termines ce livre pour moi. Je serai le seul à savoir la vérité.

– Je ne la connais pas.

– Je suis tombé amoureux de cette femme que tu as créée. Je ne crois pas à sa mort. Il y a trop de morts dans nos vies. Ma mère est morte il y a quinze ans. Elle était malade, toujours triste, folle paraît-il. Elle marchait nue dans notre maison et dans la rue, elle s'échappait et revenait des jours plus tard, elle murmurait toute la journée des histoires incompréhensibles, elle se faisait mal, elle tombait, se cognait, brisait des objets dans ses mains et en les jetant par terre. Mon père l'a amené dans le village de sa famille quand j'avais dix ans et elle est morte quatre mois plus tard. Personne n'a pu me raconter sa mort. Personne. Elle était là et soudain plus rien. Tu as fait la même chose avec ta disparue. Tu t'es contentée de ça. Là et soudain plus là. Raconte-moi cette mort qui pourrait être toutes les morts si tu es sûre qu'elle meurt. Mais moi je crois qu'elle vit et que tu aurais dû raconter l'histoire d'une femme qui réapparaît, et qui est là, toute proche. »

Tu aurais pu dire ces mots.

Après ce déjeuner avec Terence, j'avais marché seule dans le quartier étudiant de Yaoundé, espérant voir Jean-Martial sortir de l'université, portant son sac à dos comme autrefois, tenant dans sa main un carnet identique à ceux qu'il m'avait offerts, suivi par des étudiants. J'avais été incapable d'entrer dans Biyem-Assi, comme si le quartier était tenu par des gardiens du passé. Le soir, dans ma chambre de l'hôtel Mérina, j'écrivis un long message à Terence.

En attendant une réponse et le lever du jour, j'ouvris la fenêtre qui donnait sur l'arrière de l'hôtel, un terrain vague, des baraquements. Un homme avait allumé un feu, la nuit n'était pas froide et très vite je le vis abandonner le foyer à sa fonction : offrir de la lumière, chasser les bêtes et les démons, appeler ceux qui étaient perdus.

Était-ce ça le sens de ce voyage ? Allumer un feu pour que nous puissions nous retrouver, Jean-Martial et moi ? Qui de nous deux s'était perdu ?

Terence répondit très vite : il n'était pas couché, je ne le dérangeais pas, il n'avait jamais sommeil, il pouvait être à l'hôtel dans moins d'une heure.

Je l'attendis à la réception, je plaisantai avec la veilleuse de nuit, qui m'avait vue rentrer quelques heures avant : la nuit est toujours courte à Yaoundé, la nuit n'existe pas, pourquoi dormir ?

Je portais toujours le même pantalon bleu, le même tee-shirt blanc et le miroir du hall me narguait. Tu as changé en vingt ans, arrête de te comporter comme une jeune fille, qu'est-ce que tu veux prouver ? Que le temps n'existe pas ? Le sourire de la femme à la réception, paraissait dire la même chose.

Debout, je guettai l'arrivée d'un taxi et quand enfin l'un d'eux s'arrêta, je dévalai les marches devant l'hôtel, je manquai de tomber deux fois, et je ris en courant vers la voiture. Mon corps me trahissait mais pas ma voix : « On y va ? » Terence, assis à côté du chauffeur, ne dit pas un mot, il fit juste un geste qui signifiait « En avant ».

Je ne répétai pas ce que j'avais écrit dans mon message et Terence ne m'interrogea pas davantage.

« Je n'ai pas été honnête avec toi tout à l'heure. Je ne suis pas venue à Yaoundé pour ce livre, ou pas seulement. J'espérais retrouver un homme que j'ai aimé à dix-sept ans. J'aimerais aller chez lui, là où il habitait, la seule adresse que j'ai. Je ne fais pas tout ça par nostalgie ou par goût du passé, je suis égoïste encore, je le fais pour moi, pour pouvoir revenir ici, pour mieux respirer. Je pourrais y aller seule, je le devais, mais ce que tu m'as dit cette nuit, les questions que tu m'as posées, sans que je sache pourquoi, l'importance que tu y accordes, tout ce que tu es, me donne envie de chercher cette maison et cet homme avec toi. Je voudrais que tu sois là. »

Est-ce que j'avais besoin d'un témoin ? Est-ce que je t'imaginais ouvrir la porte de la maison, froncer les sourcils, essayer de te rappeler ou me reconnaître tout de suite et reculer et te tourner vers Terence en me laissant le temps de retrouver mon souffle, ma voix ? Est-ce que je pensais que tu ne serais pas là, et que je regarderais Terence et que son regard me tiendrait debout dans la rue, qu'à cet homme qui exigeait la vérité il était au contraire si facile de mentir ?

J'avais habité dans cette maison de Biyem-Assi avec Jean-Martial deux mois par an pendant cinq ans. Il y avait deux canapés marron et la seule chose que j'avais apportée, ma façon de marquer les lieux, c'était un tissu bleu comme la nuit avec lequel nous avions recouvert ces canapés. Je me souvenais de cette scène, peut-être davantage que du premier baiser ou la première fois que nous avions fait l'amour : nous l'avions agrafé, patiemment, et pour chaque agrafe il y avait une promesse et je ne suis pas sûre que nous en ayons tenu une seule.

J'avais dit à Terence que ce n'était pas une histoire triste et je crois qu'il avait compris parce qu'il avait son lot d'histoires vraiment tristes : « On était très jeunes, très amoureux et très bêtes tous les deux et j'espère que Jean-Martial a vécu autant que moi depuis, qu'il y a eu des femmes et qu'il en a aimé, et que certaines choses qu'on voulait faire tous les deux, il les a faites sans moi, voyager, écrire, bâtir une maison face à l'océan, avoir des enfants. »

Est-ce que c'était ça nos promesses et est-ce que j'ai eu tout ça sans toi ? Est-ce que j'espérais sincèrement que tu vives détaché, heureux, innocent ?

Dans la maison de Biyem-Assi, j'avais laissé des livres, des lettres, des vêtements, une copie de ma thèse, le manuscrit de mon premier roman, le premier livre, qui ressemblait à un conte dans un désert, et un seul carnet de Jean-Martial, le dernier. Il m'en offrait un chaque année, avant que je rentre à Paris. Mais pas à mon dernier voyage et c'était peut-être le signe qu'il s'éloignait, qu'une histoire l'occupait plus que moi. J'en possédais quatre et je pouvais les relire comme une remise à jour de l'histoire et de l'amour. Le dernier carnet me manquait. Presque chaque nuit je rêvais de ces mots, de son écriture, de la couleur des pages, elles jaunissaient et s'effritaient de rêve en rêve.

Ce carnet, ce tissu bleu, cette maison ne m'ont pas manqué tout de suite après notre séparation. Mais un jour, le bleu d'une écharpe, la terrasse d'une maison, les mots d'un élève griffonné sur mon bureau m'ont rappelé Yaoundé, ce que j'avais perdu, ce qui se cachait en moi : des objets et des murs, et j'avais imaginé que ma mémoire avait pris la forme des pièces de la maison de Biyem-Assi et que ma musique préférée était faite des bruits de la rue, du silence d'une chambre coupé par un craquement, un froissement. Des pas sur le sol, des pages qu'on tourne, des murmures.

Qu'est-ce que je pouvais espérer retrouver aujourd'hui ?

À la place de la maison, un petit immeuble en brique avec des loggias.

Il avait été construit après la destruction de la maison et de la cour. C'est ce que le gardien d'une station essence au carrefour d'après déclara. Le chantier avait été interrompu plusieurs mois à cause de l'effondrement d'un premier échafaudage : il y avait eu trois morts, les visites d'officiels, d'experts et de journalistes et l'habituelle langue de bois qui ne console personne. Il ne se souvenait pas d'un arbre devant la cour, non, et certainement pas du déménagement de deux canapés bleus. Il m'avait parlé de cette ville qui était la sienne et se transformait si vite. « Regarde, en dehors de quelques bâtiments symboliques, tout sera bientôt neuf, rénové ou repeint. Et puis qui se souvient d'il y a vingt ans ? Toi-même tu te rappelles quoi ? »

Devant cet immeuble je ne me souvenais plus de rien.

Terence fut le seul à pleurer ce soir-là. Il se cacha, je fis semblant de n'avoir rien vu et je crois que ça me sauva : ma colère face à ces larmes, mon silence et le sien. Quelle était sa peine ? Est-ce qu'il confisquait la mienne ? Est-ce qu'il cherchait lui aussi une maison, un amour dans cette ville ?

Je regardai l'immeuble. Un appartement était à vendre. Dans le hall, une femme passait lentement la serpillière. Quand elle arrêta de travailler et s'assit pour fumer, je lui dis presque les mêmes mots que ceux que j'avais écrits à Terence. Comme si la vérité était maintenant la meilleure réponse aux questions habituelles. « J'ai un peu vécu ici. » La conversation dévia sur le sol toujours sale, l'arrivée de la saison des pluies, ce dos qui lui faisait si mal, l'eau qui manquait, le prix des cigarettes et je répondais en hochant la tête : je n'avais jamais cessé de vivre ici.

« Est-ce que l'un des occupants des appartements s'appelait Jean-Martial ?

– Non, personne avec ce prénom-là. »

Je souriais comme si je m'étais préparée depuis vingt ans à cette visite, à l'indifférence des lieux et de ceux qui les habitaient à présent, à l'absence de l'arbre et de tout souvenir, et je dis à Terence d'une voix identique : « On peut rentrer maintenant. »

La femme de la réception au Mérina me salua cette fois sans un mot. Dans l'ascenseur j'écrivis un message à Terence pour le remercier. Et j'ajoutai : « Ne t'inquiète surtout pas. Il y avait peu de chances qu'un homme et sa famille restent au même endroit toute une vie. Le genre de retrouvailles et de pardon dont on rêve, ce n'est pas pour nous. J'étais heureuse que tu sois là. Je cherche Jean-Martial, tu cherches la femme de mon roman : la vie et la fiction se dérobent. J'espère que tu m'écriras souvent. »

Je me suis allongée sur le lit de la chambre 202 avec cette seule question : où es-tu ? Et j'ai composé ton numéro, inscrit dans mon vieux répertoire. J'ai raccroché sans trembler après avoir entendu l'annonce de l'opérateur, désolé de ne pouvoir faire suite à ma demande. Où es-tu ?

J'avais relu nos échanges, nos messages, nos mails. Nous nous écrivions peu. Je retrouvai un mail daté du 10 novembre 2001, la veille de mes dix-neuf ans. Je faisais suivre à Jean-Martial un article du *Monde*. « J'ai pensé que ça pouvait t'intéresser, amour. » Je n'avais plus appelé personne amour depuis, même pas le père de mon fils. L'article était un hommage à Mongo Beti, mort cette année-là. L'écrivain préféré de Jean-Martial. Et son roman préféré : *Trop de soleil tue l'amour*. « Ce n'est pas parce qu'on a rendu l'âme qu'on est vraiment mort. »

Est-ce que tu es mort, Jean-Martial ? Est-ce que tu es mort, amour ?

Ce soir-là, dans la chambre de l'hôtel Mérina, j'écrivis un nouveau mail à Jean-Martial.

« Je suis revenue à Yaoundé il y a deux jours. Je suis passée chez toi seulement ce soir. Je n'avais pas le choix. J'espérais que tu aurais lu mon message annonçant mon arrivée. Que tu serais là. À Douala, à Yaoundé. Je t'ai guetté. Où es-tu ? Comment vont les tiens, ta mère, tes sœurs ? J'ai eu l'impression de te croiser si souvent : les hommes ici te ressemblent ou alors c'est que je ne veux voir que toi. Où es-tu ? On ne s'est pas cherché pendant toutes ces années et peut-être que tu veux que le silence s'impose encore. Tu ne répondras pas, comme tu n'as pas répondu à mes derniers appels. J'ai tellement envie de ta voix, de tes mains. Je devrais m'excuser de ces années vides, et d'avoir plié nos vies pour les enfermer dans un livre et je devrais te pardonner de n'avoir pas écrit, pas appelé, d'avoir disparu. Je voudrais retrouver ton rire. J'ai fait semblant de rire pendant vingt ans. Tu es plus franc et plus fort que moi : peut-être as-tu réussi à vivre sans tricher ? Je t'écris pour la première fois ce soir et pourtant j'ai le sentiment de n'avoir pas cessé de t'écrire et dans ce monde-là que je bâtis pour nous toi seul sais toute la vérité. Que j'ai eu un fils et qu'il s'appelle Ruben parce que c'était ton héros. Il n'a que sept ans et son père, qui est né à Paris mais dont les parents sont camerounais, a pensé que c'était un hommage aux siens et c'est lui qui lui raconte l'histoire du héros de l'indépendance et son assassinat. Ruben ouvre de grands yeux terrifiés mais je laisse faire son père parce que je me dis que toi aussi tu aurais pris le risque de raconter à un enfant de sept ans la violence des hommes et l'histoire d'un pays. Avec son père nous nous sommes séparés un an après la naissance de Ruben. Nous n'étions pas assez amoureux, alors nous avons pu devenir de grands amis, ses parents vivent à Annecy face au lac et aux montagnes. On marche ensemble. Ils disent qu'ils ont trouvé là leur seul pays, et ils m'aiment bien aussi, “comme leur fille” ». Mais à lui et à eux non plus je n'ai pas su dire la vérité. Je ne leur ai pas parlé de toi. Est-ce que tu parles de moi à ta famille, d'une femme que tu as aimée autrefois ? Est-ce que tu as des enfants ?

J'ai cherché ton nom sur Internet avant de revenir ici. Mais je n'ai trouvé que des informations anciennes, de notre temps, lorsque tu commençais à enseigner à l'université de Yaoundé. L'intitulé de tes cours. Le jury de thèses où tu siégeais. Des photos avec tes confrères et tes étudiants, notamment une où tu tiens l'épaule d'une jeune femme souriante, magnifique et elle te regarde comme si tu étais Dieu. Et j'ai ri de ma bêtise : t'avoir laissé il y a si longtemps et être jalouse seulement maintenant. Mais même cette photo est ancienne, nous n'étions pas encore l'un sans l'autre et peut-être m'avais-tu parlé de cette étudiante.

Où es-tu depuis ?

Je me souviens qu'on voulait comme tous ceux qui s'aiment vivre au bord de l'océan et tu avais choisi le terrain, entre Kribi et Campo, au Rocher Loup, un nom qui nous faisait rire parce que bien sûr il n'y avait jamais eu de loup au Cameroun. Est-ce que tu es devenu un autre ? Un pêcheur ? On était restés quelques jours à Campo. Personne ne voulait me faire monter sur une pirogue sans l'autorisation spéciale du chargé du tourisme de la région. Ils avaient peur que la pirogue verse, que je meure et de devoir l'annoncer à l'ambassade. Tu répétais que je n'étais pas une touriste mais finalement ce sont eux qui avaient raison. Un pêcheur nous avait expliqué les dangers de l'océan, l'endroit précis où les eaux du fleuve et de l'Atlantique se mélangent, les remous, les tourbillons, les naufrages. Il dormait en mer allongé dans sa pirogue et ça t'avait fasciné. Tu ne savais pas nager. Est-ce que tu sais à présent ? Est-ce que tu as construit notre maison au Rocher au Loup ? Est-ce que c'est là que tu te caches et que je pourrai te retrouver, amour ?

Je t'appelle amour et c'est un mot du passé. Je ne sais pas quels sont les mots du présent. Je les cherche comme je te cherche. Un jeune homme qui te ressemble – et c'est si troublant : il parle comme tu parlais, il a tes gestes et ton insolence, et j'ai si envie qu'il me prenne dans ses bras pour savoir si ses bras aussi sont comme les tiens mais ce ne serait pas juste alors pour l'instant je me tiens loin de lui –, ce jeune homme m'a accompagnée à Biyem-Assi et dans le taxi, m'a demandé ce que j'allais faire maintenant et je n'ai pas répondu. Je pourrais venir avec Ruben, m'installer dans l'appartement à vendre dans cet immeuble qui a remplacé ta maison, te chercher, chercher l'inconnue du roman comme me l'a demandé Terence et tu mesures l'ironie de tout ça : vivre ici alors que tu n'es plus là. »

J'espérais trouver une réponse à mon réveil quelques heures plus tard mais Jean-Martial ne répondit jamais à ce message.

Le lendemain, je serrais Hemley dans mes bras devant l'aéroport. Je lui avais raconté la visite à Biyem-Assi, la maison détruite, les larmes mystérieuses de cet homme qui m'avait accompagnée, ce qu'il m'avait demandé d'écrire et de mener des recherches sur la femme disparue et sur cette nouvelle disparition.

La tienne, amour, puisque ta maison n'existait plus : où vis-tu à présent ?

« Je peux rentrer maintenant. »

Mais Hemley n'était pas d'accord.

« Tu sais bien que non. Je vais te guetter chaque jour. »

Elle avait deviné : j'étais revenue à Yaoundé pour retrouver Jean-Martial et je repartais sans lui et avec une autre raison de revenir, de chercher, de marcher dans ces rues et d'interroger des inconnus.

Est-ce que je pouvais imaginer qu'un jour, au cours de ces marches, ce serait toi que je chercherais ? Avant nous nous amusions à demander la direction d'un restaurant, d'un magasin qui n'existait pas. Des passants haussaient les épaules mais d'autres nous envoyaient çà et là, sûrs d'eux et on jouait le jeu. Est-ce que je peux jouer seule, amour ?

Je retrouvai Paris, mon fils, mes étudiants, mon appartement, mes amies avec une facilité qui me déconcerta, comme si en apparence ce voyage n'avait rien changé. Avant, lorsque je quittais Jean-Martial et Yaoundé, mes gestes, mon corps, mes regards me semblaient lourds, faux, et ma mère me regardait avec inquiétude, comme si on avait pu me faire du mal et je n'arrivais pas à dire la vérité : c'est à Paris que j'avais mal. Mais ce retour ne ressembla pas aux précédents et personne ne s'inquiéta.

Je serrai Ruben longuement dans mes bras. Il me fit promettre de l'emmener la prochaine fois comme s'il était évident qu'il y en aurait une et je lui racontai ce futur voyage sur un ton léger, à la manière des guides touristiques : on se baignera dans l'océan, on longera un fleuve, on mangera des mangues. Je lui avais rapporté un tee-shirt mauve avec des bandes bleues qu'il mettait la nuit, et lorsque je lui racontais une histoire, je posais ma main sur son cœur et sur l'une des bandes bleues. Je ne connaissais pas ces symboles, j'avais acheté le tee-shirt avec Terence et j'étais sûre qu'il aurait su me dire la signification de ce labyrinthe mais il aurait fallu lui écrire, donner des nouvelles et je n'y arrivais pas.

Quelques jours plus tard, je retrouvai deux étudiants dans un café. Ils regardèrent plusieurs fois l'étiquette de la compagnie aérienne accrochée à mon sac et je l'arrachai sans rien dire. Lorsqu'ils m'interrogèrent sur mes interventions à l'université de Douala et sur les politiques d'échanges, les archives de l'histoire camerounaise puisqu'ils travaillaient sur l'histoire du Parti communiste français et les guerres d'indépendance, je répondis que tout était en chantier : des chercheurs travaillent, ils récoltent les témoignages, ils enregistrent la mémoire, ils retrouvent des traces, ils interrogent les survivants, ils se battent.

Est-ce que j'aurais pu leur demander de m'aider à te retrouver ? Faire la liste de tes amis, chercher ta mère, tes sœurs, tes étudiants, les postes que tu avais occupés puisqu'ils étaient spécialistes de mouvements d'opposition ? Est-ce que j'aurais pu leur demander de chercher la liste des prisonniers connus, les arrestations ? Est-ce que tu pouvais devenir un sujet d'étude ?

Dans l'avion qui me ramenait à Paris, j'avais regardé les photos de mon voyage puis un film proposé par la compagnie aérienne et encore un autre, j'avais mangé et bu, je voulais rester éveillée et m'empêcher de penser, de ressentir, d'écrire. Si je disais un mot, si je ne gardais pas tout en moi, j'allais m'effondrer. Et à Paris, cette semaine-là, je fis la même chose : trouver des diversions et parler de tout sauf de ce voyage, de Terence et d'Hemley.

J'écrivais mes cours, je corrigeais mes copies, faisais passer des oraux, j'allais au cinéma et même je commençais un roman : l'histoire d'une femme, la veille du nouvel an. Elle avait soixante-dix ans, elle vivait seule dans la banlieue de Lille, elle allait faire ses courses au supermarché, et puis était-ce la tête, le cœur, ses jambes qui tremblaient, elle s'enfermait dans les toilettes du magasin, s'allongeait et revenait à elle dans un supermarché désert, fermé, une bouche de l'enfer. Deux jours plus tard, sans qu'elle ait osé actionner l'alarme ni ouvrir un paquet de gâteaux, elle était libérée. J'avais découpé ces trois lignes dans un journal, je l'avais rangé dans un carnet, je n'avais cessé de penser à cette femme enfermée et qui se serait laissée mourir plutôt que de passer pour une voleuse, plutôt que de déranger, qui était comme une ombre, comme cette femme dont je n'avais pas écrit la fin. Quand mon éditrice lut ces pages, elle m'avoua qu'elle pensait que le retour à Yaoundé m'aurait inspiré une autre histoire. J'aurais pu lui dire le lien secret : la prison, la solitude, la disparition, mais je savais que c'était une fuite encore, et qu'elle avait raison : ce voyage avait fait naître une autre histoire mais comment l'écrire ? Par où commencer ?

Je me sentais seule et j'avais l'impression d'un cœur artificiel, sorti de ma poitrine, que j'observais battre. Parfois il s'arrêtait, et il n'y avait aucun cri, juste le silence : un bip continu et froid et c'était ma voix que j'entendais alors.

Et la tienne surgie d'une pièce aveugle qui pouvait être notre chambre de Biyem-Assi : commence, écris, cherche ma disparue, cherche-moi.

Pourtant, des semaines après mon retour de Yaoundé, je continuais à me taire et à faire semblant. Mes étudiants, mes amies me trouvaient plus fuyante que d'habitude : j'écourtais les cours, je partais la première de toutes les soirées et parfois je m'arrêtais au milieu d'une phrase comme si d'autres mots devaient être prononcés ou qu'un regard, je pensais alors à celui de Terence, avait suffi à me faire oublier ce que j'avais voulu dire. J'appelais Hemley et pendant des heures, quand Ruben était couché ou qu'il était chez son père, on discutait du pays : la succession de Biya après quarante ans au pouvoir, un procès qui avait fait du bruit, le scandale d'une sex tape et ce que ça disait de la façon dont les hommes pouvaient se servir, soumettre et s'en sortir indemnes, le retour du train entre Douala et Yaoundé après le drame, le déraillement à Eseka en 2016, un match de foot et ce que les journalistes et les intellectuels racontaient, qu'il y avait forcément une portée symbolique qui désignait mieux qu'un rapport, mieux qu'une élection, l'état du pays, la capacité de révolte des hommes, un art de tricher et de corrompre l'autre. On riait, et la conversation reprenait sur l'exploitation forestière, les compagnies prédatrices, les maisons d'édition, et puis des histoires plus légères. On parlait des hommes, et c'étaient toujours des histoires anciennes, achevées. Je sentais qu'on ne parvenait pas à parler d'aujourd'hui et que nos mots traçaient des cercles, créant du vertige, un tournis. Et puis un soir ma voix me trahit, ou un silence, et Hemley s'y engouffra :

« Comment vas-tu ?

– Je suis ailleurs. J'ai du mal à me concentrer et à écrire. Je marche, je discute mais j'ai l'impression de m'observer faire tout ça ou plutôt d'observer une autre que moi, une étrangère dans mon corps, alors j'arrête : de marcher, de parler et on me demande ce qu'il y a et je suis incapable de répondre. »

Jean-Martial n'avait pas écrit. J'étais partagée entre la douleur et la peur. Il était peut-être trop fâché pour me répondre, ou bien il était mort. Dans les deux cas, il était vraiment perdu et je l'étais moi aussi. Avant ce voyage je me disais qu'il suffisait de rentrer au Cameroun pour tout réparer, tout retrouver, mais maintenant je savais que ce n'était pas vrai. J'étais revenue et c'était encore le silence, les doutes, l'absence qui l'emportaient.

Je raccrochai avec Hemley en prétendant que c'était sans doute la fatigue, le manque du pays et mon amie me redit comme à chaque appel : « Viens à la maison, viens avec ton fils. » Mais je pensais que je ne pourrais plus jamais revenir.

Une nuit, je me réveillai le corps trempé, fiévreuse. Je ne savais pas si j'avais faim ou mal. Le bras d'un homme reposait sur mon ventre et j'eus peur de le réveiller, de devoir parler. Je me levai, fis quelques pas et tombai. Ma tête heurta le sol et l'homme se réveilla en sursaut. Ma première réaction nous surprit tous les deux : je ris, je trouvais la situation si ridicule que je ne pouvais m'empêcher de rire, je n'avais pas mal, je ne m'étais rien cassé, je n'avais plus faim, je n'avais plus chaud, je riais et l'homme finit par rire lui aussi. Le lendemain, tout mon corps me faisait mal, brûlait. L'homme était parti et je savais que je ne le reverrais pas, il avait eu peur de la chute et du rire.

J'aurais tant voulu que tu me prennes dans tes bras, que tu passes ta main sur les bleus, que tu murmures : « Ton dos est comme une armure, de qui tu te protèges ? De tous ceux qui ne sont pas moi ? De moi ? »

Terence m'écrivit ce matin-là.

« Rien de neuf dans ta vie ? »

La question sonnait comme un reproche. Du neuf, du changement, une révolution, une vérité ? J'aurais pu lui raconter la chute et le départ de l'amant, un échange avec des étudiantes la veille, ce que Ruben m'avait dit en parlant de son père et de moi et que je n'avais pas fini d'essayer de comprendre : « Vous êtes comme des virages jaunes et noirs », de Jean-Martial qui n'avait pas répondu, de mes recherches qui ne donnaient rien. Ses amis ne répondaient pas, ses sœurs étaient introuvables, mariées certainement, elles portaient d'autres noms, comme si chacune avait balayé ce qu'elles étaient avant. J'aurais pu parler à Terence de cette disparue, la vraie, pas celle de mon roman, dont la vie se dérobait, elle aussi : mes deux étudiants n'avaient rien trouvé sur la disparition d'une professeure à l'université de Yaoundé en 1991. Ils avaient fouillé les archives, interrogé des professeurs, des chercheurs, des journalistes.

Est-ce que tu as tout inventé le soir où nous avons dansé pour la première fois ? Est-ce que j'ai tout inventé à ta suite ?

Rien de neuf ?

« Rien de neuf dans ta vie ? »

Je portais la question de Terence toute la journée sans savoir répondre.

Il m'avait demandé de terminer mon livre, d'offrir une fin à la disparue. Si je ne parvenais pas à saisir sa vie réelle, je pouvais écrire sa mort fictive. Et confier à Terence ce faire-part.

« On ne retrouva pas le corps de la femme. Mais quelques années après son enlèvement par les forces de sécurité et sa détention arbitraire, un homme parla, un ancien militaire. Il raconta à un journaliste qui enquêtait sur les crimes commis par l'État en 1991 l'arrestation d'une femme, surveillée par les services de l'État depuis qu'elle enseignait et même avant lorsqu'elle était étudiante à la cité universitaire de Paris et qu'elle fréquentait les membres de la Fédération des étudiants d'Afrique noire. Elle était membre de l'UPC, activiste, et l'État la soupçonnait de transformer ses cours en tribune pour une révolution. Ça portait un nom : terrorisme, subversion, atteinte à la sécurité de l'État. Le militaire voulait écrire ses mémoires : ce crime et tant d'autres il allait le raconter, il n'entrerait pas dans la mort avec ces poids-là. "Elle et une dizaine d'étudiants ont été emmenés dans une prison du Nord, un lieu secret, près de Maroua. Et ils ont été tués et enterrés là. J'ai assisté à tout. Son arrestation était programmée mais la violence des coups ne permettait pas de la relâcher sans scandale. C'était une bavure en quelque sorte. Elle aurait dû être arrêtée et relâchée. Mais la faute était réparable : il suffisait de la faire disparaître. Elle n'avait personne. Juste une fille trop petite pour se souvenir." »

J'écrivis à Terence.

« Ça te conviendrait comme fin ?

– J'aurais préféré qu'elle vive encore.

– L'homme a avoué : quand on a commencé à se soucier d'elle, il était trop tard. Elle était morte. »

Je ne savais pas que ces mots me coûteraient tant, amour, comme si la mort de mon personnage, son exécution au nord du Cameroun et le silence autour de cet assassinat comptaient parmi les vraies douleurs. J'avais eu l'impression d'écrire ta mort aussi parce que l'histoire de cette femme et la tienne étaient liées depuis toujours. Je n'avais rien vu et rien compris mais soudain c'était évident : tu m'avais parlé d'elle, tu m'avais offert son histoire, tu avais décrit les traits de son visage, son allure, sa taille, son pas, tu m'avais mené là où elle vivait, où elle enseignait, où elle dansait, tu m'avais incitée à la chercher. Si je ne la retrouvais pas, je renonçais aussi à te retrouver.

Les jours qui suivirent j'éprouvai une tristesse inconnue. Je pleurais l'histoire de cette femme, son drame.

J'avais écrit à Terence ce que je portais depuis toujours : cette femme était morte, elle n'avait pas été libérée et elle n'avait pas fui. Pour le roman, je m'étais réfugiée derrière cette conviction : il ne fallait rien imposer au lecteur, il devait se faire sa propre idée, mais je connaissais ma vérité et la question de Terence n'était pas sans réponse. J'avais écrit à Terence la mort de son héroïne d'une traite, j'avais regardé les rares clichés qu'on pouvait trouver sur les manifestations au Cameroun en 1991 et j'avais eu l'impression de voir cette femme, juste avant la fin, de voir ceux qui la suivaient et qui allaient l'attendre une nuit de mai à la sortie du quartier alors qu'elle s'apprêtait à rejoindre les étudiants révoltés. J'avais cherché des images et la localisation des centres de détention dans le nord du Cameroun : il devait y avoir des fosses communes découvertes. Je m'étais dit que je pourrais y aller et décider que l'une d'elles était la tombe de cette femme.

Une phrase revenait comme un refrain, et je l'écrivis à Terence :

« On cherche la fiction et c'est la vérité qui surgit. Peut-être que je devrais écrire le roman de Jean-Martial et je saurais où il est, où il se cache aujourd'hui. J'imaginerais où il a pu aller et ce qu'il a pu faire. Je raconterais la construction de sa maison sur la côte, face à l'océan ou son départ du Cameroun après la mort de sa mère ou après avoir rencontré une femme, une étudiante qui aurait eu mon âge mais qui serait venue de Suisse ou du Canada pour un échange universitaire, et cette fois il ne lui aurait pas demandé de venir, il l'aurait rejointe, à Lausanne ou à Montréal et c'est là, dans le froid de ces villes, qu'il vivrait et que je pourrais le trouver. Ou bien j'imaginerais que je lui ai toujours manqué, qu'il n'a jamais supporté notre silence, l'absence, cette impression que la vie a coulé entre nos mains, que nous n'avons rien choisi, rien maîtrisé et il est venu à Paris, il vit peut-être tout près de moi. Peut-être qu'il ne le sait pas, qu'il cherche toujours ou peut-être qu'il m'observe, qu'il me suit. J'écrirai ce roman, et un jour je me retournerai dans la rue, pour le surprendre, et il serait là. »

Terence ne répondit pas ce jour-là ni les jours suivants.

Je pensais que maintenant qu'il savait la fin de mon héroïne, que je lui avais offerte à lui seul le secret de sa disparition et de sa mort, il avait rendu le roman à la bibliothèque du centre culturel, il avait effacé les questions au crayon dans la marge, déplié les coins cornés, et il avait emprunté un autre livre. Il vivait avec d'autres personnages, il tombait amoureux d'une autre femme.

J'étais jalouse et inquiète.

Comme je l'étais pour toi. Peut-être que tu t'étais déjà détourné de nous il y a longtemps, que le pire n'était pas la mort, pas l'oubli mais d'avoir été rangée dans un de tes carnets, que tu n'écrives plus, que tu ne relises jamais tes mots, que tu sois devenu quelqu'un d'autre, que tu puisses avoir une autre vie.

Pourquoi est-ce que je n'arrive pas à écrire autre chose, pourquoi je ne me suis pas contentée de ce voyage à Yaoundé, de la maison détruite, de ton absence, pourquoi je ne rêve pas d'un autre homme, d'un pays différent, nuit après nuit, au point de tout savoir d'eux, de ce qui les unit et les déchire, au point de tout mélanger de ma vie et de la leur ?

J'avais écrit la mort de cette femme mais ça n'avait pas suffi. Terence avait semé le trouble : peut-être qu'il y avait d'autres fins possibles, que j'avais négligé la vie d'autres personnages ?

Je téléphonai à Hemley.

« Tout se trouble. Avant ce retour au Cameroun, c'était juste mon livre, et maintenant je me souviens de chaque rencontre avec toi à Douala, à Yaoundé, les visages de ces gens se superposent aux visages des personnages. Leurs histoires. Une femme que nous avons rencontrée à l'Institut français m'a écrit. Elle a lu le livre après nous avoir écoutées. Elle me dit que ça ressemble aux récits de sa mère qui était une maquisarde : elle vit à Yaoundé, elle est âgée, elle va mourir et elle me propose de venir recueillir son histoire, de l'enregistrer, qu'on se souvienne de ce qu'elle a fait et de sa voix. Ça me bouleverse. C'est ce que je faisais déjà avec la mère et les sœurs de Jean-Martial : enregistrer, consigner, écrire. Leurs mots sont devenus une thèse, et des années après je m'en suis servie pour mon roman, pour raconter l'histoire d'un engagement et des femmes combattantes au Cameroun. Mais je n'ai plus jamais réécouté leurs voix. Je ne sais même plus où se trouvent les cassettes : est-ce qu'elles ont survécu à mes déménagements ? Je devrais aller à Yaoundé et rencontrer cette maquisarde. Ça pourrait ne pas avoir de fin : je pourrais passer ma vie à poursuivre les femmes et les hommes de cette histoire. Et regarde, moi-même j'ai de plus en plus l'impression de ressembler à certains personnages. Je suis parfois comme une veilleuse de nuit, je reste les yeux ouverts quand tout le monde dort, et je lis les journaux camerounais, je suis les actualités, je parle avec toi, je vis ici comme si j'étais à Yaoundé mais je reste à Paris au lieu d'être là-bas. J'étais partie pour retrouver mes dix-sept ans et un homme. Ils restent inatteignables et à la place le pays me happe, le livre me happe.

– Je ne crois pas que ce soit le pays ou le livre qui t'obsèdent. Si tu n'avais pas rencontré Terence, s'il ne t'avait pas questionnée sur ton livre, est-ce que tu y penserais encore ? »

Je ne comprenais pas.

« Il y a vingt ans, tu aurais dû vivre à Yaoundé avec un homme. Aujourd'hui un autre homme te propose de venir et d'écrire, de chercher. De vivre ici en somme. Comme une deuxième chance. »

Une autre chance, amour.

Terence me manquait.

Et je me répétais comme une enfant : il n'a pas aimé la fin de l'héroïne, il aurait voulu une autre mort ou il aurait voulu la sauver. Est-ce que j'aurais pu écrire sa vie plutôt que sa mort ? Et lui, qu'est-ce qu'il veut ? Sauver cette femme, me sauver ?

Le message de Terence arriva un dimanche après-midi : j'avais emmené Ruben à un concert pour enfants. On écoutait *Le Carnaval des animaux* de Camille Saint-Saëns. Juste avant, le narrateur qui parlait aux enfants avec une voix d'enfant avait raconté l'histoire d'un homme, qui aimait une femme, l'abandonnait puis revenait des années après et la femme lui disait sans colère : « Tu as fait un long détour. Viens, repose-toi sur mon cœur en rêvant. » Plus tard le narrateur avait ajouté : « Cet homme est un poète, un rêveur, un fou. » C'était un moment si étrange. Au milieu des enfants qui attendaient la musique des animaux, l'arrivée du lion, des oiseaux, des poules, des tortues. Que venait faire là l'histoire de ce voyageur, de l'absent ?

Est-ce qu'il y aura des signes tout au long de la vie, des signes de ton absence, Jean-Martial, des signes que je t'attends ou que je dois t'attendre et te dire un jour : repose-toi sur mon cœur ? Ou ce sera toi qui me le diras ?

Le message de Terence arriva au treizième mouvement, celui du cygne, pendant le solo du violoncelle.

« Je ne pouvais pas me résoudre à la mort de ton personnage. J'étais sûr qu'elle vivait. Alors je suis retourné à Biyem-Assi, j'ai enquêté comme je le fais pour mes articles. Ça n'a rien donné pendant des jours. Et puis j'ai retrouvé ton inconnue. »

Je pensais qu'il était devenu fou. « Qu'est-ce que tu racontes ? Quel sens ça a, tout ça ? » Mais j'avais tellement guetté pendant tous ces jours un signe de lui que je ne voulais pas que tout s'arrête encore. « Raconte-moi », c'est tout ce que j'avais su lui écrire après le concert, en rentrant à la maison.

Il répondit aussitôt : « Tu ne comprends pas ? » Tout de suite après, il appela. C'était la première fois depuis mon retour à Paris et je retrouvais sa voix, exactement la même qu'à

Yaoundé, le même timbre, la même façon de prononcer les mots comme s'il appuyait dessus et j'avais l'impression que la longue phrase de son récit venait s'enrouler autour de moi et autour de chaque objet comme s'il prenait possession des lieux. Et en retrouvant sa voix, je retrouvais aussi son regard, ses gestes : je revenais à Yaoundé, j'étais dans ce restaurant transformé en boîte de nuit, je me tenais près de lui sans bouger, et puis je continuais à parler et j'étais dans ce restaurant du quartier étudiant, sur la terrasse, j'entendais la ville, je sentais sa vibration à chaque cri, chaque klaxon, et les courses des enfants et les conversations des voisines. Il tendait la main vers moi et je savais que si je faisais le même geste, on ne pourrait plus se séparer. Je ne prenais pas cette main et Terence la laissait là en l'air comme si ça n'avait aucune importance : il n'était pas pressé, il n'avait peur de rien, contrairement à moi qui avais peur de mes personnages, du passé, de ceux que j'avais aimés et perdus, du présent.

« Il fallait que je cherche moi aussi. Et même si tu m'as indiqué sa tombe et que je t'attends pour aller à Maroua, j'avais encore l'espoir qu'elle vive, que ton roman ne soit qu'une marche vers elle. Tout ce que tu as écrit sur nos disparus de 1991 semble si réel que bien sûr c'est facile de se tromper : on a tous connu quelqu'un qui a été arrêté pendant ces manifestations, on a tous entendu parler d'un homme, d'une femme qui ne sont pas revenus. C'est peut-être pour ça que ton livre me semble si familier. J'avais l'intuition que cette femme existait vraiment et que je pouvais la trouver.

Alors j'ai marché dans Biyem-Assi, j'ai interrogé toutes celles que je rencontrais, je suis revenu devant l'immeuble, je suis même allé visiter l'appartement à vendre au deuxième étage, comme ça pour voir d'en haut le quartier, tout ce labyrinthe de rues et de maisons, et tu sais ce qui est surprenant : on croit, à hauteur d'homme, que tout déborde, mais du deuxième étage le paysage est comme troué. Il y a des terrains vagues, du vide, un jardin, de l'air et je n'arrêtais pas de me dire : il faut tout voir, tout explorer. Au début je crois que cette femme n'était qu'un prétexte. Je ne suis pas fou, je sais que c'est un personnage, je ne pensais pas vraiment la trouver. C'est toi que je voyais partout, à dix-sept ans. Je me suis mis à regarder le quartier avec tes yeux d'étrangère et à me demander pourquoi tu les aimais autant, ce quartier et cet homme que tu as laissé et que tu ne retrouves plus. J'essayais d'imaginer le quartier il y a vingt ans pour savoir ce qui t'avait retenue, accrochée, mais pas au point de venir y vivre. Je faisais des colonnes. Une pour les choses douces, un air de musique, une boutique, l'ombre d'un arbre, le ciel immense, l'heure dorée qui venait frapper une maison et sa terrasse. L'autre colonne pour tout ce qui aurait pu te déplaire, les eaux qui coulent de toutes parts, les eaux qui stagnent, les eaux qui tombent des gouttières percées, des toits en pente, l'humidité partout sur les murs et sur nos peaux. Je devrais être un enfant de la pluie mais je ne l'aime pas et j'ai pensé que tu ne l'aimais pas non plus. Est-ce que je me trompe ?

Terence se trompait. Jean-Martial savait, lui, combien j'aimais la pluie, qu'elle vienne frapper les toits et même qu'elle coule sur les murs, qu'elle nous noie.

« Je sais bien que ce n'est pas la pluie qui t'a empêchée de venir vivre ici. C'est un décor de pluie comme un rideau qui te protège : je ne fouille pas ton cœur, j'attends que tu me racontes ton amour pour cet homme et cette ville avec tes mots. En attendant je me suis mis à vivre dans ces rues pour toi. Et à venir parfois sans but, sans raison, juste pour être là, je m'asseyais par terre ou je trouvais une chaise abandonnée, je fumais, buvais un verre avant de repartir ensuite au journal. Je cherchais cette femme, je te cherchais, et je cherchais l'homme que tu aimes. Tu m'as fait vivre autrement dans ma ville, dans un autre temps, à un autre rythme.

J'étais là aujourd'hui et j'étais aussi plongé en 1991 quand cette femme a disparu et plus tard quand tu es arrivée pour la première fois ici et qu'un homme t'a raconté l'histoire d'une femme, professeure à l'université enlevée avec certains de ses étudiants. Toutes les époques m'appartenaient et vivaient, comme des voix dans ma tête, des ombres. »

Est-ce que tu as vu Terence, amour ? Est-ce que tu as croisé ce jeune homme en pensant qu'il te ressemblait, que toi aussi tu marchais dans cette ville, avide et curieux ? Est-ce que tu t'es caché ?

« Et tu sais aussi : ça a fait de moi un meilleur enquêteur, j'aime davantage les pages faits divers, j'écris moins de bêtises. On titre "Crime crapuleux dans une chambre de l'hôtel Mendzang, à la descente du lycée de Biyem-Assi à Yaoundé" ou "Un homme fuit avec le crédit scolaire" et je cherche vraiment. La plupart du temps ce sont des histoires d'argent, de jalousie, des histoires banales et mes collègues se moquent de moi parce que je leur dis que ça ne peut pas être aussi simple, qu'il ne faut pas se contenter de la version de la police. Ils m'appellent Columbo ou Derrick et je te vois sourire toi aussi. Mais à chaque drame j'ai l'impression que tu es impliquée, et je n'arrive jamais à savoir si je dois te faire accuser ou te sauver. Et puis un jour, je l'ai aperçue et j'ai su à sa démarche qui disait à la fois ce qu'avait été cette femme et ce qu'on lui avait fait que j'avais retrouvé la disparue de Biyem-Assi. Et tu vas rire : elle te ressemble tellement. C'est la femme que tu vas devenir ou tu es sa jeunesse. Je ne sais pas comment l'expliquer. On dirait ta mère ou un mirage. Voilà. Il faut que tu viennes sinon tu ne me croiras pas. Viens. »

Est-ce que Terence a retrouvé la femme que tu regardais danser, la femme que tu suivais en allant à l'université, la professeure que tu espérais avoir, l'amante, le fantasme que tu aurais voulu serrer dans tes bras avant moi, l'absente qui était devenue ton obsession puis la mienne, la femme que je n'avais pas cherchée autrement que par la fiction, par mon roman, par tes mots ? Est-ce qu'il va te retrouver aussi ?

« J'arrive bientôt. »

Je pris mon billet pour Yaoundé. J'appelai Hemley pour la prévenir et je vérifiai une nouvelle fois mes mails : Jean-Martial n'avait toujours pas écrit. Dix jours plus tôt, j'avais envoyé un message à ses deux plus proches amis quand il avait vingt-cinq ans : autrefois, tous ensemble, on buvait des bières, fumait, dansait. Ils pouvaient finir la phrase commencée par un autre, rire d'un mot, ils se connaissaient par cœur. Je reçus leurs messages à dix minutes d'intervalle comme s'ils s'étaient concertés.

Le premier disait : « Je n'ai aucun souvenir de vous. Quant à Jean-Martial je n'ai aucune nouvelle de lui depuis vingt ans. Je vis à Montréal et je n'ai aucun moyen et surtout pas la moindre envie de vous aider. Yaoundé est loin de moi. Et je pense que la ville et ceux qui y vivent sont loin de vous aussi. » Le second était encore plus froid malgré le tutoiement : « Si tu ne sais pas où est Jean-Martial, ce n'est pas à moi de te l'apprendre. Je ne le pourrais pas de toute façon. Depuis son départ de Yaoundé, après la mort de sa mère, il n'a jamais répondu à mes messages. Nous avons perdu un frère et un ami il y a longtemps déjà. Ton message arrive un peu tard. J'ai su que tu étais venue à Yaoundé pour ton livre. Je ne l'ai pas lu. J'espère que tu vas bien mais je n'ai pas envie de te voir, de te parler : je t'ai perdue il y a plus longtemps encore que Jean-Martial. »

« Depuis son départ de Yaoundé après la mort de sa mère… » J'avais écrit aussitôt : « Quand ? Quelle année est-elle morte ? Est-ce qu'elle est enterrée à Yaoundé ? Et les sœurs de Jean-Martial ? Où est-il parti ? Au Cameroun, ou ailleurs ? Il est toujours professeur ? » Mais il ne répondit pas. Yaoundé était vide, Jean-Martial n'y vivait pas, et sa famille non plus.

J'appelai le père de Ruben : « Je fais un nouveau voyage au Cameroun. » Il me connaissait. Il savait ce que ça voulait dire.

« Bien sûr je garderai Ruben le temps qu'il faudra. Mais qu'est-ce qui t'arrive ? Deux voyages, coup sur coup, ça ne te ressemble pas. Tu as rencontré quelqu'un là-bas ? »

Quand Jean-Martial et moi avions cessé de nous écrire, pendant des mois j'avais mené une vie austère entre l'université, la bibliothèque, l'appartement de mes parents. Je ne sortais pas, n'avais pas de copains, je n'adressais la parole à personne à moins que ce soit absolument nécessaire. J'avais la vie d'une recluse et pourtant je m'en souvenais comme d'une période intense. Je pouvais me rappeler chaque lecture et je lisais énormément sur l'histoire de mon pays perdu. Je pensais : rien d'autre ne compte. Je savais que dans ces lectures je ne trouverais pas la raison de mon choix : Paris plutôt que Yaoundé, personne plutôt que Jean-Martial. J'apprenais l'histoire camerounaise et je pouvais me bercer de l'illusion de n'avoir pas choisi, d'être partout, de tout lier. Cette année-là je perdis dix kilos, comme si je voulais apprendre à voler. Et puis je devins professeure, trouvai un petit appartement, recommençai à parler en rougissant, j'acceptai de prendre des verres, des cafés, de déjeuner. Je repris du poids et dormis mieux.

Une collègue m'invita à dîner avec des amis. C'était la première fois depuis Yaoundé et je me sentis forte, grisée, j'arrivai en retard parce que j'avais traversé à pied Paris la nuit. D'habitude à cette heure-là j'étais chez moi : est-ce que toutes les nuits étaient aussi belles ?

Les amis étaient déjà à table et je m'étais assise sur la seule chaise vide, à côté d'un homme que je n'avais jamais vu.

Il se tourna vers moi : « Je m'appelle Medza », et je restai interdite et puis je lui souris et peut-être était-ce mon premier sourire depuis des mois et lui, Medza, ne se douta de rien.

« Medza, comme le héros de Mongo Beti dans *Mission terminée* ? »

Est-ce qu'il y a un dieu des femmes perdues ? J'avais renoncé à Yaoundé et le premier homme que je rencontrais vraiment portait un prénom camerounais. C'était ironique et violent et je n'avais pas pu m'empêcher de reculer ma chaise, comme si je voulais fuir. Une deuxième fois ? Et puis Medza avait parlé et je l'avais vraiment regardé : il avait l'air d'avoir mon âge, il travaillait dans une banque, il avait grandi à Paris, il s'excusait de n'avoir pas beaucoup lu.

« Il faut me raconter l'histoire de ce roman. Pour mon prénom je ne sais pas, je demanderai à ma mère.

– C'est l'histoire d'un jeune homme qui fait des études, qui retourne au village, qui craint son père. On le charge d'une mission : aller chercher une femme partie avec un homme d'un autre village. Et puis il lui arrive plein d'aventures.

– Il retrouve cette femme ?

– Oui. Mais ce n'est pas un roman d'amour. »

Il n'avait pas lu Mongo Beti, il n'était jamais allé au Cameroun, n'avait jamais questionné ses parents sur leur histoire, sa mère n'était pas une maquisarde, il en savait le minimum comme la plupart des gens sur l'Indépendance de 1960 et, comme la plupart des gens, il ne savait rien sur les manifestations de 1991. Il avait une autre histoire, il avait une famille solide, de longues amitiés, et j'ai admiré cette force, cette aptitude prodigieuse à la joie, ce don qu'il avait de tenir ses promesses, d'aimer et d'être aimé si facilement. Dès ce premier soir, il me sembla que c'était évident : j'avais envie de lui et de tout ce qu'il était. Quand je lui racontai que j'enseignais l'histoire camerounaise, et que j'avais passé du temps à Yaoundé, je n'eus pas la sensation de trahir Jean-Martial.

Après le dîner, j'étais rentrée chez moi et j'avais écrit dans un carnet qui t'était destiné : « J'ai rencontré un homme qui me plaît et qui n'est pas toi. Mais il s'appelle Medza. Sans toi qui m'as fait lire le roman de Mongo Beti, est-ce que je me serais intéressé à lui ? Est-ce que c'est un signe, Jean-Martial ? »

Je ne suis pas tombée amoureuse de Medza. Il m'a sauvée pourtant d'une tristesse sans nom, d'une forme de saisissement avec ses manières douces et son air toujours paisible en toutes circonstances, et je ne pouvais pas le lui dire, ni alors ni maintenant, quelques jours avant ce nouveau voyage.

Je n'avais pas pris de billet retour et ce geste, qui m'aurait tant inquiétée d'ordinaire, me donna une force que je n'avais plus depuis des mois. Je revenais.

Je n'avais pas indiqué à Terence le jour de mon arrivée : je ne voulais pas qu'il m'attende à l'aéroport. J'avais envie que tout soit parfaitement neuf, comme si je voyageais pour la première fois. Jean-Martial ne m'attendrait pas, il ne viendrait pas me chercher, c'était une évidence qui me blessait encore mais moins. Pendant des années je m'étais comportée comme un fantôme qui passait son temps à fuir, à s'échapper, à éviter les retrouvailles. Je croyais que ce n'était pas de la lâcheté mais une forme de survie, que le surgissement de vieilles émotions, de visages oubliés, d'une voix que je n'avais plus entendue pouvait me briser le cœur. Et maintenant c'est moi qui cherchais et je devais reconnaître que ceux que j'avais fuis n'étaient pas derrière moi, que personne ne me guettait et qu'à leur tour peut-être ils fuyaient.

Est-ce que tu as fui, amour ?

J'avais rencontré Terence qui ressemblait tant à Jean-Martial ou que j'aurais pu aimer comme j'aimais Jean-Martial et j'avais eu l'impression que mon cœur était reparti, trop vite sans doute, c'est pour ça que je tanguais, que j'avais le souffle court et que je m'étais remise à tomber, comme avant mes dix-sept ans quand je ne connaissais pas Jean-Martial. Je tombais en courant derrière les bus, je tombais dans les escaliers du lycée, je tombais dans les fêtes en croyant danser, je tombais pendant les vacances en Corse sur les chemins entre la maison de ma grand-mère et la rivière. Je ne me faisais jamais mal. C'étaient de petites chutes comme un rappel à l'ordre : il fallait faire attention, il fallait avancer doucement, la terre pouvait s'ouvrir devant moi et m'avaler. Jean-Martial m'avait offert son équilibre et son assurance, son pas. Mais je n'avais plus seize ans et ça ne me faisait plus peur de tomber et de retomber et je me relevais en riant, en acceptant la main tendue d'un étranger, « je suis maladroite, pardon ».

Est-ce que je tomberais aussi à Yaoundé ? C'est pour répondre à cette question que je voulais être seule avec mes évidences nouvelles, avec mes pas et mes chutes avant de retrouver Terence. Hemley avait raison : on m'offrait une deuxième chance, mais laquelle ? Est-ce que je verrais ce qu'avant je ne savais pas voir ?

J'étais sûre que Terence me comprendrait, qu'il saurait que ce n'était pas de l'indifférence, un manque d'attention : j'étais impatiente qu'il me raconte la façon dont il avait cherché la disparue de Biyem-Assi et j'avais hâte de la rencontrer elle aussi. Je n'étais pas comme Terence : je ne les confondais pas. Je le lui avais dit au téléphone et il avait soupiré, mais nous avions parlé d'autre chose. Avant de raccrocher il m'avait seulement dit : « Quand tu la rencontreras, tu changeras d'avis. Elle ne lui ressemble pas. C'est elle. » En prenant ce temps seule à Yaoundé, je ne me dérobais pas. Terence, cette femme, moi, on avait attendu des mois, peut-être des années sans le savoir, sans même connaître l'existence des uns et des autres : nous n'étions plus à quelques jours près.

Je voulais te chercher d'abord. Je pensais que ça me rendrait plus forte de savoir où tu étais avant de rencontrer cette femme. Je voulais passer par tous nos lieux, les traverser, interroger les passants, je voulais aller à l'université au bureau des enseignants pour connaître ton parcours et tes affectations. Et aux services de l'urbanisme : connaître la date de démolition de la maison, une adresse peut-être laissée par les anciens occupants. Terence avait cherché son obsession et il avait l'air de l'avoir trouvé si facilement. Est-ce que je ne pourrais pas moi aussi ? Est-ce que je n'étais faite que pour inventer ce qui se dérobait toujours : ta vie, l'amour, une rencontre, la vérité ?

Je n'avais jamais été seule à Yaoundé. Je n'avais jamais marché sans but dans ces rues comme je le faisais à Paris. J'étais aimée avant, protégée, accompagnée. Je me souvenais de l'émotion de Jean-Martial : « Tu avais l'air si jeune la première fois ici », comme si j'étais encore une enfant dont il fallait tenir la main. Est-ce que je donnais toujours cette impression ? Est-ce qu'on me trouvait fragile et frêle ? Hemley avait ri lorsque je lui avais raconté cette histoire : « C'est une bonne façon de tromper ton monde. »

Lorsque Terence marchait dans la rue à côté de moi, il ne me guidait pas et j'avais aimé traverser Biyem-Assi avec lui, du même pas, sans se gêner, sans précaution et j'avais senti qu'il ne voulait pas prendre ma main, qu'il désirait autre chose que ce geste qui disait : je te guide, je te protège, je te tiens.

J'avais déposé mon sac à l'hôtel Mérina et j'étais ressortie aussitôt. Je n'allais pas au hasard, je connaissais mon chemin et je pouvais regarder les rues en sachant ce que j'allais voir, ce que je contournais. Je ne m'étais pas sentie si bien, à ma place, depuis longtemps. Je pensais à Jean-Martial et il me manquait comme à Paris mais ici je n'avais pas aussi mal : c'était comme une note de musique toujours jouée, douce, régulière, une note sur laquelle je pouvais danser, une note qui me laissait entendre ce qu'on me disait et parler.

Je retournai à l'emplacement de la maison de Jean-Martial et, comme Terence l'avait fait quand j'étais à Paris, je traversai Biyem-Assi plusieurs fois, de différentes manières, en faisant des détours. La première fois, lorsque j'avais découvert l'immeuble neuf à la place de la maison, ç'avait été si rapide : il faisait nuit, c'était comme un songe, comme si je n'avais pas vraiment voulu voir. À chaque visite j'eus le même sursaut en découvrant que la maison et l'arbre n'existaient plus. Je ne détestais pas l'immeuble, la pancarte « Appartement à vendre » était toujours accrochée, et comme Terence, j'appelai le propriétaire et demandai à le voir. Il fut surpris mais il m'ouvrit quand même et, après un moment de gêne, quand il comprit que je n'achèterais pas son bien, étrangement il se détendit et me posa toutes les questions qu'il voulait : si je m'installais à Yaoundé, s'il s'agissait d'une expatriation, si c'était mon mari ou moi et pourquoi ce quartier, pourquoi pas

Bastos, si j'avais des enfants. Pendant un instant j'imaginai une histoire, inventer une famille, un travail, des engagements mais les mots ne venaient pas facilement et c'est la vérité qui me parut la plus simple : je marchais dans mes souvenirs. J'étais simplement curieuse de la vue, de ces murs, d'imaginer une vie ici. Je lui racontai de ce qu'il y avait avant, la disposition des pièces, l'arbre, les autres maisons tout autour qui elles aussi avaient été détruites.

Je lui parlais de toi. De ta façon d'aimer cette maison, de l'habiter, de ne vouloir vivre nulle part ailleurs. C'est pour ça que je revenais ici : je voulais croire que tu n'étais pas très loin. Je dis à cet homme que je te cherchais.

Il s'excusa de ne pas pouvoir m'aider : il avait acheté cet appartement pour le louer bien après la construction de l'immeuble, maintenant il le vendait parce qu'il voulait ramener tous ses biens, tout son argent au village, près d'Ebolowa, il construisait une maison adossée à la forêt, il n'était pas du quartier mais d'Essos, et il sourit comme s'il voulait dire : on est deux étrangers en somme.

On fuma une cigarette sur le balcon en silence comme si aucun mot ne pouvait plus surgir. On avait parlé pour une vie entière et maintenant du haut de ce deuxième étage on savait qu'on ne possédait pas le monde, qu'il faudrait bientôt sortir, quitter les lieux, déménager. Je le remerciai et descendis, et quand je traversai la rue, je l'aperçus à la fenêtre, fumant toujours, et je crus qu'il pleurait mais ça devait être la pluie ou un reflet.

Je cherchai aussi la femme qui passait la serpillière le soir où Terence et moi nous avions découvert l'immeuble mais elle n'était pas là : peut-être qu'elle ne travaillait plus dans cet immeuble ? Les hommes déménageaient, changeaient de métier, revenaient. Ce n'était pas toujours grave ou tragique.

Est-ce que toi aussi tu as juste déménagé et changé de métier ? Est-ce que tu ne sais rien de ce que je fais ici ? Est-ce que tu ignores vraiment que je te cherche ?

Je marchai dans des coins moins familiers du quartier et je découvris aussi de nouveaux quartiers, Mvolye, Ngoa Ekélé, Ekié. Je trouvai un bar où je pouvais manger des soyas et fixer la rue.

Je m'observais marcher dans cette ville, vivre dans cette ville et je me souvenais de chaque fois où j'étais passée là et il me sembla que mon moment préféré c'était cette journée. J'avais d'autres goûts que dans mes souvenirs : je ne mangeais pas les mêmes plats, je buvais de nouveaux alcools. Je m'étais toujours imaginée vivre là où Jean-Martial vivait et selon la façon dont nous vivions, avec les mêmes gestes, les mêmes habitudes. Je vieillissais, je changeais mais pas dans mon rêve. Et maintenant, ce rêve prenait de l'âge dans cette ville et c'était la femme que j'étais devenue qui l'habitait désormais. Si je devais vivre ici, je ne vivrais pas dans cet immeuble de Biyem-Assi : je choisirais une autre rue, un autre coin, avec une autre vue. Et pour que la première fois j'eus le sentiment que le passé ne venait plus me hanter de la même manière.

Était-ce aussi simple ?

J'écrivis à Terence le quatrième soir, au début de la nuit. Il répondit aussitôt qu'il pouvait être à mon hôtel dans une heure comme la première fois et je descendis à la réception parce qu'il me semblait impossible de passer cette heure-là dans ma chambre, à remettre en place les mêmes affaires, les mêmes objets, à m'asseoir sur ce lit. C'est là que j'avais dormi, rêvé toutes les nuits de Jean-Martial et de lui et j'aurais eu l'impression d'offrir à Terence une intimité trop grande, comme s'il allait plonger dans ma mémoire.

Il me prit tout de suite dans ses bras et en m'abandonnant à lui je renonçai à tout ce que je croyais avoir décidé : mentir, m'éloigner de l'hôtel, dîner, le laisser parler de cette femme, comment elle était, ce qui l'avait convaincu que c'était elle, la disparue, l'absente qu'il cherchait, le laisser parler toute la nuit et être bercée par sa voix que je connaissais mal finalement, brouillée par le téléphone ces dernières semaines et le regarder et me demander si c'était une bonne idée, ce voyage. Il me serra fort et j'eus l'impression que dans ce silence, nous échangions des promesses et nos évidences et en posant la tête sur son épaule je pouvais dire oui à ce qu'il n'osait pas dire : « Nous irons chez moi, nous ferons l'amour parce que c'est ce qu'on veut, et qu'on pense à cet instant chaque fois que nos yeux se ferment, et même parfois en pleine journée, cette image de nous flotte dans l'air et vient brouiller le visage des collègues et des étudiants comme une onde, je sais que tu ne m'aimes pas, que tu cherches Jean-Martial et que tu le chercheras toujours, et de mon côté, pour te rassurer, ce n'est pas l'amour que je veux, je pense à mon désir, au tien, je pense à nos corps, je pense que je veux ce souvenir, je veux qu'il revienne flotter devant moi quand tu seras repartie à Paris, on va faire l'amour et plus tard dans la nuit tu m'interrogeras sur le journal, tu voudras tout savoir, sur le rédacteur en chef, le choix des sujets, l'affaire qui m'occupe depuis une semaine, dix morts suspectes dans le village de Nnom Nnam, les jours là-bas, à entendre parler de mauvais vin, de fièvres et de magie, nous passerons la nuit dans cette chambre, salon, bureau, cuisine et salle de bains qui est mon unique maison, parce que les loyers sont trop chers à Yaoundé pour mon salaire de journaliste et parce que c'est comme ça que je veux vivre et me présenter : je ne suis pas un bon parti et tu riras en me disant que je ne peux pas être le seul homme dans cette ville sans femme et sans enfant, que ça ne tient pas cette solitude volontaire, que tu n'y crois pas, et je te répondrai qu'on est nombreux et qu'on se cache et l'idée d'un secret, d'une cachette nous donnera encore envie l'un de l'autre mais elle nous rappellera aussi que tu es là pour un autre secret, pour un homme qui s'est évaporé, pour une femme qui s'est cachée ou qu'on a forcée à se cacher pendant des années et c'est toi qui me poseras la première question. »

Quand allons-nous la rencontrer ?

Tout arriva et dans la nuit je posai cette question à Terence. J'étais sur lui, allongée sur son corps, et il me tenait pour que je ne tombe pas, je regardais quelque chose qui brillait dans la pièce, accroché au mur, un petit miroir qui reflétait la lumière de la rue et où je ne pouvais pas me voir, juste deviner la forme d'un nouvel être fait de nos corps et d'un drap.

Je posai cette question et je glissai sur le côté, ramenai le drap sur moi, posai mon coude sur le matelas pour mieux regarder Terence. Il m'embrassa : est-ce qu'il avait attendu cette question toute la nuit ? Est-ce qu'il l'espérait ou la redoutait à présent que j'étais venue, que j'avais cru en son histoire, qu'il pouvait me tenir et me faire jouir en ayant le sentiment que ce n'était pas moi qui m'abandonnais mais lui ?

« On pourrait y aller maintenant. Lorsque je l'ai rencontrée, je n'ai rien eu besoin d'expliquer. C'est comme si elle m'attendait et savait déjà tout. Et qu'elle t'espérait depuis longtemps.

– Qui est cette femme, Terence ? »

C'était comme une plainte qui me fit frissonner.

Terence m'avait raconté ces journées et ces nuits à chercher.

« J'interrogeais les femmes du quartier, les vieilles surtout, qui se souvenaient de 91 et de ce qui s'était passé à Yaoundé et dans le pays.

Mais je ne les questionnais pas aussi frontalement. Les troubles, 1991, les manifestations : avec ces mots-là personne ne m'aurait rien dit. Il n'y a pas que la peur. Il y a la fatigue, la lassitude, la fierté, et je suis fait de tout ça moi aussi. Je me méfie, je pèse ce que je dis.

Je prenais un verre, je fumais, je revenais sur les lieux, je devenais un homme parmi d'autres. C'est ce que je croyais en tout cas.

Et puis j'interrogeais une serveuse, une vendeuse au marché, la patronne d'une agence bancaire, la responsable d'une pharmacie : "Tu te souviens de l'histoire d'une femme, professeure à l'université, installée dans le quartier avec sa fille et qui un jour de mai, il y a quarante ans, s'est volatilisée. Ça te parle ?"

Ça ne parlait à personne. Quarante ans ? Les femmes riaient.

Je changeai de méthode, j'utilisai d'autres mots avec d'autres femmes encore, la caissière d'une station-service, la vendeuse de journaux, la concierge, la surveillante d'un parking, la directrice d'une école primaire.

On me répondait : "Mais de qui tu parles ?"

Ça avait fait rire une femme en particulier : "Chéri, ça pourrait être toutes les femmes. C'est moi que tu cherches ou quoi ? Qu'est-ce que tu n'oses pas demander ?"

Personne ne voulait me croire. Et c'était pire si j'avouais que j'étais journaliste : "Vraiment ? Et tu nous ennuies avec une histoire de quarante ans ? Avec une femme que tu cherches au milieu de nous toutes ? Tu n'as rien de mieux à faire ? Tu regardes ce pays ? Tu veux qu'on t'en raconte, des histoires tristes qui datent d'aujourd'hui ? Tu ne veux pas ouvrir les yeux et savoir ce qui s'est passé au commissariat cette nuit, dans les sous-sols de la gendarmerie, au tribunal, à la prison, au palais, dans ma chambre ? Tu ne veux pas faire ton travail ?"

J'avais l'impression que ta voix se mêlait aux leurs : "Elle est morte et tu cherches en vain."

Je leur répondais que tout comptait, ces histoires d'hier et d'aujourd'hui, leurs histoires et celle-là, et dans ma tête je te répondais aussi :

“Elle vit, j’entends son cœur, je la sens”, et je me couchais le soir avec la certitude d’avoir raison. Je prenais une carte du quartier que j’avais fabriquée, je faisais des croix, je listais les noms des femmes et je reprenais ton livre comme si un détail avait pu m’échapper. Une amie est venue ici et elle s’est mise en colère : “Ça n’a aucun sens, tout ce que ça dit de toi c’est que tu es perdu et sans combat. Tu es obligé de t’inventer cette quête absurde ?” Je te regarde et je vois bien que tu l’as pensé toi aussi, et même si tu es venue, si tu as cru un peu en moi tu continues à douter. Mon amie travaille pour des ONG, Reach Out Cameroon, Cameroon News Agency, Un monde avenir, avec des avocats, des experts, des députés. Elle était aussi en colère que les femmes de la rue : “Tu veux un scoop ? Tu veux faire preuve de courage ? Va à la direction générale de la recherche extérieure et parle-leur des disparus de cette année, du journaliste Samuel Wazizi, de Franklin Mowha, de Mukube ? Va au service central de recherches judiciaires. Demande-leur qui ils détiennent au secret. Ça c’est réel, ce n’est pas un roman, ce n’est pas un fantasme.” On faisait l’amour certains soirs et elle me disait : “Tu es comme le vent, tu souffles où tu veux, tu caresses ou tu fouettes ou tu ravages. Tu es aussi insaisissable. Je ne veux pas de ça dans ma vie : c’est l’inverse qu'il me faut, des murs solides pour m'abriter des gens comme toi." Et malgré ça, on était devenus amis. Elle était là lorsqu'on s'est rencontrés pour la première fois, après ta conférence. Tu t'en souviens ? »

Je m'en souvenais.

« En lisant ton roman j'avais fait une sorte de portrait-robot de cette femme et j'aurais voulu te questionner sans cesse pour savoir si le portrait était approchant ou si j'avais pris trop de libertés. Mais tu n'écris presque rien sur son physique, ses habitudes, c'est comme si tu ne la voyais pas : est-elle grande, est-ce qu'elle porte des pantalons ou préfère-t-elle les robes ? Est-ce qu'elle fume ? Est-ce qu'elle se balade d'un pas lent dans les rues ou elle court sur des jambes immenses ? Est-ce qu'elle parle d'une voix forte, grave, est-ce qu'elle chante ?

J'inventais à partir de tes indices, je complétais le portrait mais ça ne servait à rien : à Biyem-Assi les femmes me tournaient le dos, retournaient à leur tâche, elles m'oubliaient, moi et mon histoire de femme disparue.

Où m'a-t-elle vu la première fois ? Est-ce qu'elle était là, au café, dans la rue, sur le parking, derrière moi ou à la table voisine et je ne la voyais pas ? Est-ce qu'elle m'a entendu poser mes questions maladroites ? Est-ce que c'est une vieille amie qui est venue la prévenir : quelqu'un te cherche, il pose des questions, il aimerait te rencontrer ? Est-ce qu'elle a ri en se forçant à ne pas intervenir tout de suite, est-ce qu'elle a eu envie de me faire asseoir devant elle et de me poser la même question que toutes les femmes, avec ce regard qui toi aussi te glacera : qu'est-ce que tu cherches vraiment ? qu'est-ce que tu veux savoir ?

Je n'ai pas eu à la chercher au milieu d'une foule, d'une assemblée, dans l'arrière-salle d'un restaurant, dans la cour d'une maison remplie d'autres femmes comme je l'avais imaginé. Elle se tenait seule à la réception du journal, elle m'attendait, c'est elle qui s'est avancée vers moi et c'est moi qui tremblais.

"Ne laisse pas une vieille femme debout comme un poteau." C'est la première chose qu'elle m'a dite. »

J'en avais assez entendu.

« On va la retrouver maintenant ? »

Je m'étais habillée pendant que Terence me parlait et je m'étais rapprochée de la porte. Je tenais la poignée. Terence ne se pressait pas et je dévalai les escaliers. Je l'attendis, adossée au lampadaire, et je crus entendre mêlée à la voix de Terence la voix de la disparue : « debout comme un poteau ».

Le temps que Terence descende, trois taxis se sont arrêtés à ma hauteur : des portes se sont ouvertes et j'ai pensé monter dans le troisième, amour. Mais pour aller où et pour fuir qui ? Si tu n'es pas là où tu devrais être, si tu ne réponds pas, si mes recherches restent vaines, quelle adresse donner ?

Dans le taxi, j'avais posé ma tête sur l'épaule de Terence et je sentais son souffle et son cœur qui battait trop vite, qui me rendait nerveuse à mon tour et qui effaçait les souvenirs de la nuit, la tendresse, le plaisir. Est-ce que j'avais été la seule à ressentir tout cela ?

Lorsqu'il m'avait rejoint dans la rue, Terence m'avait dit qu'il prenait tous les risques, qu'il avait tout à perdre, qu'il était sûr que je ne lui pardonnerais pas s'il s'était trompé, si cette femme n'était pas mon personnage, si elle n'était pas la disparue de mon roman.

Et je n'avais rien dit pour le rassurer. Je n'étais pas venue pour cette femme. J'étais peut-être venue pour cette nuit avec Terence, j'étais certainement venue pour Jean-Martial, parce qu'il n'avait pas écrit, et pour Yaoundé, parce que Hemley avait raison : c'était chez moi, un chez-moi inhabité et abandonné, un chez-moi comme un corps qui grandit, change, souffre, change encore. Mais je n'étais pas venue pour cette femme. Est-ce que j'aurais pu en vouloir à

Terence de se tromper ? Ça me semblait impossible. Je ne pouvais pas être déçue. J'avais mis en garde Terence mais il n'écoutait pas. La disparue de mon roman n'appartenait qu'à moi et à Jean-Martial. Et plus encore à moi qu'à lui. Il m'avait raconté l'histoire d'une héroïne et elle était devenue une autre : je l'avais habillée de mes fantasmes, de mes lectures, de mes recherches, de tout ce que portaient ma mémoire et mon imagination. Je l'avais appelée Catherine. Je ne savais même pas comment s'appelait la femme que Terence avait rencontrée et la femme que Jean-Martial avait cherchée.

« Sara, répondit Terence. Mais je suis sûr que ce n'est pas son prénom. Tous les étudiants et les professeurs qui manifestaient ou faisaient grève sur le campus avaient pris des noms d'emprunt. Et ils ne sont jamais sortis de la clandestinité, de la peur. Elle ne me dit même pas où elle habite, pourquoi elle me dirait comment elle s'appelle vraiment ? »

Est-ce qu'elle s'appelait Sara, amour ? Est-ce que c'est Sara que tu suivais dans les rues de Biyem-Assi ? Est-ce que c'est elle ta voisine qui avait dix ans de plus que toi, qui était professeure déjà quand tu n'étais qu'étudiant, est-ce que c'est elle qui te fascinait au point que tu n'osais pas lui parler, juste la regarder marcher, juste la regarder danser, et qui t'a donné envie de faire grève à ton tour, est-ce que c'est elle qu'on a déshabillée et traînée nue dans tout le campus pour la punir de ses activités subversives, est-ce que c'est elle qui a dû affronter le regard des étudiants du gouvernement comme tu les appelais, ceux du syndicat allié au parti du président, ceux des mouchards, les insultes, avant d'être enlevée et de disparaître ? Est-ce que tu as dit ce prénom, Sara, quand tu me racontais son histoire, huit ans après sa disparition dans ce bar près du lac ? Est-ce que tu l'as murmuré parce que tu avais peur encore, que tu ne voulais pas faire prendre de risques à ta famille, à tes amis, à moi. Mais toi tu n'avais pas oublié cette femme et tu étais devenu professeur dans cette université pour un jour pouvoir l'honorer, tu ne savais pas comment et pourtant tu cherchais : peut-être qu'il suffisait que tu empruntes le même chemin qu'elle chaque matin pour avoir l'impression de la garder contre ton cœur. Jamais tu ne m'as dit que tu espérais qu'elle revienne. Elle était morte pour toi. Et c'est comme ça que j'ai écrit cette histoire, en pensant à une femme morte. Si Terence l'a retrouvée si facilement et que cette femme, cette Sara est vraiment la femme de ta mémoire, est-ce que tu aurais pu la rencontrer toi aussi ? Est-ce que tu aurais gardé ça pour toi et ne pas me l'écrire malgré tout ?

Je me sentais coupable et je le dis Terence : « C'est comme si j'enfreignais la loi du roman et celle de l'histoire. J'ai l'impression de commettre une faute. » En prononçant ces mots, je ne savais pas si je parlais de cette nuit avec Terence ou de la rencontre avec Sara, mais j'eus du mal à sortir du taxi, à traverser la rue vers le café et soudain à faire face à celle que je n'attendais pas.

J'étais sûre de connaître cette femme, de l'avoir déjà vue, déjà rencontrée, d'avoir croisé son regard, observé ses traits.

Et maintenant que Sara échangeait quelques mots avec Terence, j'avais l'impression de connaître aussi cette voix, cet accent, cette façon d'articuler lentement comme si elle hésitait avec une autre langue, une autre histoire.

Mais c'était un savoir lointain, archaïque. Je ne retrouvais pas le souvenir exact. Et je doutais : est-ce que ce souvenir existait ? Est-ce qu'elle ne ressemblait pas à toutes les vieilles femmes que j'avais rencontrées ici ? À la mère de Jean-Martial ? Ou est-ce que Terence pouvait avoir raison : c'était la femme de mon livre, telle que je l'avais décrite ? Est-ce que mon sentiment familier, ce déjà-vu, venait de là ?

Je me tenais en retrait derrière Terence, je regardais par terre et faisais défiler dans ma tête les femmes que Jean-Martial m'avait présentées, les familières de chacun de mes séjours à Yaoundé, et je murmurais : « Sa mère bien sûr, ses tantes, ses sœurs, ses amies, ses professeures à l'université, la propriétaire de l'hôtel à Kribi. Où es-tu Sara dans ma mémoire ? Où te caches-tu ? »

Et puis je relevai la tête et Sara était seule face à moi. Il fallait dire un mot, prendre cette main que la vieille dame me tendait, sourire, et je n'y arrivais pas. Terence s'était assis à une table au fond du bar. Il me regardait et je le voyais inquiet. Il se leva mais Sara le regarda, fit un geste et il resta debout, immobile. Je pensai : c'est un western, tu m'as entraînée dans un piège et le seul homme qui pourrait me sauver ne me répond pas et ne viendra pas.

Pourquoi est-ce que je me sentais en danger soudain ? Pourquoi ton absence me semblait-elle si douloureuse à cet instant, comme si tu avais dû appartenir à ce temps-là, te tenir à mes côtés, prendre cette femme dans tes bras ? Il me sembla évident alors que tu avais fui, que tu savais où je me trouvais et ce que je cherchais et que tu n'avais pas voulu être là. Et pour la première fois ici depuis que je te cherchais, je me sentis abandonnée.

Sara me regardait, elle avait deviné mon trouble : « Il y a une cour derrière, il n'y aura que les oiseaux du manguier pour nous écouter. Je perds un peu la tête mais je me souviens, moi. Tu es là telle que tu l'étais il y a vingt ans. Tu n'as pas tellement changé. Tu verras, quand tu auras mon âge, tu trouveras que tout est immobile, figé, que les hommes et les femmes ressemblent à des pierres. Je ne suis pas une vieille femme sage, j'ai passé ma vie à vouloir projeter ces pierres contre les murs, je déteste ce qui n'est pas radical et désespéré. Je déteste que tu sois là aujourd'hui après tout ce temps comme si tu n'avais pas réussi à faire ta vie, à claquer la porte, à dire adieu. Tu n'aurais jamais dû revenir. »

Se pourrait-il que ce soit elle, amour ? Ta voisine ? Elle ?

Sara parlait doucement, elle assenait ses vérités avec le ton d'une professeure qui a décidé de ne jamais perdre son calme. Je la suivis dans la cour, elle désigna une chaise et j'obéis. Elle commanda une seule bière, elle but et reposa la bouteille sur la table : je n'avais qu'à m'en saisir, mais je ne le fis pas. Même quand les heures coulèrent et qu'on entendit la salle du bar se remplir pour le déjeuner. On resta seules dans la cour, la bouteille posée sur l'unique table dehors, à peine entamée par la seule gorgée de

Sara. Je me demandais toujours si c'était un piège ou un jeu, mais j'étais sûre de ne pas vouloir jouer avec elle.

« J'ai menti à Terence : je lui ai dit que j'avais lu ton livre, que je savais de quoi il parlait, que j'avais découvert ce que tu avais fait de moi. Je n'avais rien lu. Des amies m'en avaient parlé et elles aussi m'avaient dit : *c'est toi*, et j'avais levé les yeux au ciel comme s'il n'y avait eu qu'une femme arrêtée à Yaoundé en 1991 dans cette ville. Ce qui nous unissait, toi, les autres, vous ne pouviez pas le savoir. Moi seule, j'avais le droit de le dire. C'est mon secret et je n'ai pas l'âme partageuse ou poétique. Je n'aurais rien dit.

Avant Terence, je n'avais pas la curiosité ou la force de lire : ton roman et puis tous les autres livres qui ont essayé de raconter ce que nous avions vécu. Tu sais que ça demande du courage de faire face à ce qu'on a laissé ? Toi ça t'a pris vingt ans pour revenir ici et tu es jeune. Moi je croyais que je n'avais plus la force. Et puis je suis allée trouver ce journaliste qui embêtait tout le monde avec mon histoire, qui posait des questions comme un flic. Je voulais qu'il se taise. Je n'espère rien. J'attends sans rien pouvoir faire et sans y croire une vérité, un jugement qui n'est pas dans les livres, ni au ciel : je ne prie jamais. J'attends des condamnations et des coupables. Pas autre chose. Peut-être que ça me tient en vie, cette chose impossible. Et puis je me suis fait avoir comme une gamine. Comme toi de toute évidence vu la façon dont tu le regardes et dont il te regarde. On n'a pas envie de lui résister même s'il ne sait rien, même s'il se trompe. Après tout il n'y a que lui qui cherche la vérité, il n'y a que lui que ça intéresse vraiment. Je me suis dit que les procès, les jugements, ce que j'attendais, viendraient peut-être de lui après tout, qu'il part d'un mensonge mais qu'il pourrait écrire un jour ce qui s'est passé. Et puis j'ai été déçu par ses questions parce qu'il se fiche de nos engagements, de nos luttes, de ce qui s'est passé. Il ne pensait qu'à ton livre. Est-ce que c'était moi ? Quelle importance ça avait maintenant ?

J'ai quand même lu ton livre. J'étais sûre de ce que j'allais trouver. Une histoire ressemblante. Mais je me suis surprise à étouffer par moments, et à murmurer toute seule. J'ai perdu la tête en prison. La folie ne me fait plus peur. Je vis avec elle depuis que ceux qui m'ont arrêtée ont réussi à me briser dans leurs caves. Je parlais toute seule : c'est moi, c'est moi, comment sait-elle tout ça, et pourquoi ne raconte-t-elle pas tout, pourquoi passe-t-elle sur ce qui a compté là et qui aurait pu tout changer ? Tu avais cherché ailleurs, tu avais imaginé sans doute et c'était si proche, faux mais si proche. Et puis je m'emportais encore : ce n'est pas ça, ce n'est pas comme ça que ça s'est passé. Ça m'a rendue folle que tu n'écrives pas mon histoire, la vraie histoire. Soudain j'ai voulu que la femme dans ton livre ce soit moi et personne d'autre, pas une pâle copie et j'ai ri, comme une folle toujours, je me suis dit : le gars là avec son sourire, il a réussi son coup. Me faire confondre le roman avec ma vie et vouloir que ma vie soit dans ton livre. Je me suis blessée à chaque page et je ne pensais plus souffrir alors je t'en ai beaucoup voulu.

Avant, je passais devant le miroir en tournant la tête parce qu'il me renvoyait l'image d'autres disparus : ceux que j'ai perdus, ceux qui m'ont fait du mal, ceux que j'ai aimés et haïs, ceux que j'ai cherchés longtemps. Le miroir prouvait que je les portais en moi et que chacun avait pris de moi une ride, un œil, un coin de ma bouche, le creux de ma joue et je sais que tu me comprends parce que je suis sûre que lorsque tu te regardes ce n'est pas toi que tu vois mais celui que tu as perdu par ta faute. Mais soudain dans ce miroir les autres en moi avaient disparu et le miroir me renvoyait le visage attendu, le mien, ridé, taché, dur, sec, meurtri, cet œil jamais guéri. Et une nouvelle fissure était apparue sur la glace, comme un tremblement de terre dont je n'aurais senti aucune secousse et le miroir me coupait en deux : j'étais ta disparue et j'étais la mienne. »

Je ressentis comme une décharge. J'avais déjà entendu ça. L'histoire du miroir. Qui m'avait dit : « Je ne passe pas devant les miroirs, je ne connais pas mon reflet » ?

Sara se taisait maintenant et rien ne venait. Est-ce que j'avais tout oublié ? Est-ce que je n'avais plus que de faux souvenirs ? Et pour la première fois je me revis à dix-sept ans à l'aéroport et je pensais : j'étais une enfant, j'avais peur tout le temps, j'étais tétanisée, je suis montée dans une voiture et je ne savais pas qu'elle allait démarrer si vite et rencontrer un mur. Est-ce que c'était mon seul souvenir ?

« J'ai écrit l'histoire d'une femme au Cameroun. Je l'ai écrite parce qu'un homme m'a raconté cette histoire qui le fascinait. Je savais que la fin du livre serait la disparition mais que tout le livre raconterait une autre histoire. Celle d'un amour, d'un engagement que j'ai imaginé pour elle. Je suis partie d'une phrase qui a longtemps dormi en moi et qui un jour m'a réveillée et m'a guidée. *Une femme a disparu et tout le monde la cherche.* Elle est communiste. Elle enseigne au lycée français et à l'université. Elle disparaît une nuit de mai 1991 parce qu'elle rejoint des étudiants en grève préparant une manifestation interdite. On l'a dénoncée. Elle habitait Biyem-Assi en face de la maison d'un homme qu'elle avait aimé lorsqu'elle était étudiante à Paris. Elle avait eu une fille avec un autre. Est-ce que vous êtes cette femme ? Elle meurt dans mon roman. Je ne l'écris pas mais je sais qu'elle est morte. »

Sara sourit. J'avais l'impression d'avoir perdu sans savoir ce qui se jouait dans la bataille et même si c'en était une.

« J'ai habité Biyem-Assi en face d'un ancien amour.

J'ai étudié à Paris, je résidais à la cité universitaire, je militais au sein de la Fédération des étudiants d'Afrique noire.

J'étais communiste.

Lorsque je suis rentrée au Cameroun les gens m'ont appelée la Rouge et la Française.

J'enseignais à l'université et j'animais un cercle de lecture au lycée français.

J'ai pris part activement aux manifestations et au blocage au sein de l'université.

J'ai été arrêtée une nuit de mai 1991 en rejoignant une réunion.

J'ai été dénoncée.

J'ai eu une fille qui était trop petite pour me chercher après mon enlèvement.

Oui, j'aurais pu mourir là où j'avais disparu. Et d'une certaine manière tu as raison : je suis morte. »

Mais qu'est-ce qui nous lie ?

Sara fit une pause. Elle saisit la bouteille de bière puis la reposa lentement comme si elle avait vu passer un fantôme et avait porté un toast en son honneur.

« Et je vais t'achever. Je me souviens très bien de l'homme que tu ne nommes pas et qui t'a parlé de moi. Tu rougis. Je suis aussi venue pour lui, tu sais.

Je me souviens de cet étudiant de première année qui, lorsque je partais le matin pour l'université, sortait de sa maison quelques secondes après moi et me suivait.

Ça ne me faisait pas peur au début. Je crois que j'étais flattée et puis qu'est-ce qui pouvait m'arriver ? Je m'étais renseignée sur lui : on était obligé d'être méfiante, de faire de fiches sur chacun. C'était un très bon étudiant. Il était le fils d'une femme honnête, le petit-fils d'une combattante de l'Indépendance. Au lycée il avait les meilleures notes de sa classe. Il avait inscrit sur sa fiche en terminale qu'il voulait être avocat et pourtant il a choisi les lettres. Il faisait partie du club Unesco, il avait organisé la venue d'écrivains, de penseurs et même une table ronde littérature et politique avec des opposants. L'association avait failli être dissoute, il avait subi vingt-quatre heures d'interrogatoire, ce qui est long, crois-moi, et il avait tenu. Je l'admirais, j'aurais voulu que mes étudiants agissent avec la même flamme. Le matin, dans la rue, il ne faisait rien de mal, on aurait même pu dire qu'il m'escortait. J'étais rentrée au Cameroun pour enseigner et rien ne comptait que mes étudiants, que ces jeunes et ce que nous pouvions faire. L'engagement politique avait commencé à Paris mais cette année-là il y avait une urgence, une tension que je sentais sur le campus, dans mes cours et qui traversait mon corps. J'avais trente ans, une fille, pas de mari ni d'obligation, je me sentais libre comme jamais et je faisais beaucoup l'amour. À toi je peux le dire, tu le comprends, tu connais ce sentiment de vivre ses plus belles années, d'être à sa place. Je marchais et j'avais l'impression que le monde m'appartenait et cet étudiant à mes trousses tous les matins lui aussi faisait partie de ce monde et lui aussi m'appartenait. Il se rapprochait chaque jour de moi, chaque jour il marchait un peu plus près et je guettais le moment où il oserait marcher à ma hauteur et me parler. À l'université il y avait tellement de professeurs qui usaient de leur pouvoir, nous n'étions pas nombreuses à enseigner, à participer aux syndicats, je faisais attention à mes gestes et à mes mots. Je ne serais jamais allée vers lui. Mais c'était agréable de se laisser désirer et que rien ne vienne.

Dans certains cours magistraux que je donnais pour les étudiants de troisième année, je l'apercevais parfois et je ne le chassais pas. Et je ne m'étonnais pas qu'à la fin des cours il ne soit jamais là.

Lorsque les manifestations ont commencé, lorsque notre syndicat a commencé à se réunir en secret, à créer de petits groupes d'action, à dicter des mots d'ordre, il était là. C'était le benjamin. Mais il n'était pas dans ma cellule et comme nous étions prudents nous ne nous sommes jamais parlé. Salués oui, regardés oui.

On prenait de plus en plus de risques à chaque tract, à chaque papier, à chaque blocage de l'université. On savait ce qui était possible. On ne pouvait pas deviner la dureté, la violence, les morts. On aurait dû écouter ceux qui avaient fait grève les années précédentes, les anciens, les plus prudents, les plus mesurés mais ce n'était pas cette voie que nous voulions emprunter. Tu te souviens de ce que je t'ai dit : nous voulions jeter des pierres sur les murs.

Étrangement, en allant à l'université et en rentrant le soir, je cherchais sa présence, j'espérais entendre son pas et son souffle et il n'était plus question de désir : j'avais moins peur quand il était là et j'espérais que ma présence lui donnait aussi du courage. Quand j'allais danser le soir, et je le faisais de plus en plus comme si je voulais défier les militaires et les gendarmes, j'aimais le trouver dans la salle. Il ne dansait pas, il regardait, et là encore ce qui aurait pu être effrayant me donnait de la force. Je dansais sous son désir.

Une femme avait été déshabillée et traînée nue dans le campus, ç'aurait pu être moi mais c'était une collègue, ma camarade de guerre, et le message était clair : nous te ferons la même chose et pire. Prépare-toi. Comment aurais-je pu me préparer ? J'avais déjà croisé le regard des fauves et des mouchards et j'avais compris qu'ils avaient gagné.

J'avais confié ma fille à ma mère.

J'avais mis de l'ordre dans mes affaires : l'argent mis de côté donné à la famille, les livres distribués, j'habitais le vide, un appartement témoin. Je pensais qu'ils pouvaient saccager une maison, casser des meubles, voler, humilier. Je rêvais de la femme nue et dans mon rêve c'était moi, je sentais les gifles, je sentais les coups, la faim, la solitude, les nuits sans dormir. Pour ça aussi je croyais être prête. Je ne savais rien de ce qui m'attendait. Parfois je me disais qu'en cas d'attaque je pouvais me réfugier chez lui et sa famille. Je n'ai pas eu le temps de le faire et finalement ils ne se sont pas tellement acharnés sur mon corps : ils m'ont enfermée dix ans, j'ai changé si souvent de cellule que j'ai perdu le compte. Dix ans de ma vie, ça leur suffisait. »

Sara se tut. Elle faisait semblant de pianoter un air sur la table et je la regardais en essayant de deviner aux mouvements des doigts la musique, les paroles du morceau.

« Je ne pensais pas que ça viendrait de lui. »

Tu sais, le plus tragique ou le plus drôle, j'ai pensé à Terence, à personne d'autre. Lui ?

« L'homme qui me suivait. Le très bon étudiant de première année, le jeune militant doué et courageux qui avait déjà subi et résisté à un interrogatoire, le gardien des rues et des bars.

Celui qui m'attend un soir, celui qui m'appelle dans la rue, celui qui me désigne ensuite, celui qui laisse faire les soldats.

Le dernier visage de ma disparition.

Je n'ai jamais su quel rôle il avait joué, à quel point il était responsable, ce qu'il avait dit. S'il avait participé à ma seule arrestation ou s'il y en avait eu d'autres après, s'il était une tête ou un simple exécutant. Je crois que j'espérais que ton roman me l'apprenne, qu'il te l'ait dit ou que tu aies cherché, que tu sois allée plus loin que son récit mais tu t'es arrêtée à ma disparition, et tu as raconté l'inverse de la vérité, ou plutôt son absence, comme si tu me faisais disparaître une seconde fois. »

Je me levai et fis un pas en arrière.

« Tu ne pouvais pas savoir qu'il était un traître. Il ne te l'a pas raconté. Je me suis longtemps demandé pourquoi il t'avait parlé de moi : est-ce que j'étais sa mauvaise conscience ? Est-ce que j'avais réussi à hanter ses jours, est-ce qu'il pensait qu'en te racontant la moitié de l'histoire, il serait pardonné ?

J'ai été libérée dix ans après mon arrestation et placée en liberté surveillée. Ça voulait dire ne plus enseigner, ne plus revoir mes amis, ne plus écrire, ne pas élever ma fille. Comment aurais-je pu ? J'étais malade, j'étais folle, j'étais seule. Je me suis terrée pendant des mois, des années dans ce quartier, dans ces rues que je ne reconnaissais plus, dans un appartement étranger. C'était une nouvelle prison après la prison. Personne ne savait que j'étais vivante, que j'avais été libérée. Je ne pouvais pas parler.

Et puis un jour je suis sortie, un jour j'ai marché, un jour j'ai repris le travail. Un boulot de secrétaire, assise toute la journée, à la mairie, l'ironie à l'état pur mais j'avais besoin de manger. Et un autre jour je l'ai vu. Et un autre jour encore je t'ai vue toi. Dans la rue qui était la mienne, et rire et parler comme je riais et parlais avant. Tu marchais devant lui comme je le faisais avant. J'avais l'impression de vivre dans un de mes rêves. Comme si tout se répétait. Je voulais te rattraper et te crier de fuir. Mais je n'y arrivais pas. Trois, quatre fois je suis tombée sur vous. Et puis plus jamais sur toi. Tu avais disparu. »

Elle avait dit ces derniers mots en saisissant la bouteille de bière mais, au lieu de la boire, elle la lança contre le mur et les éclats du verre rouge s'éparpillèrent à leurs pieds. Un champ de braises que je ne saurai jamais franchir, avais-je pensé.

Terence ne me parla pas dans le taxi qui nous ramenait à mon hôtel. Et je me tins serrée contre la portière, le plus loin possible de lui. J'étais sûre qu'il savait, que Sara lui avait parlé, qu'il avait choisi de ne rien me dire. Est-ce que j'attendais une explication, un pardon ? Pardon pour ta peine, pardon d'avoir menti en prétendant que seule la disparue m'intéressait alors que j'étais en quête d'un coupable, pardon de ce silence qui est une question : est-ce que tu crois Sara, est-ce que tu penses que Jean-Martial l'a trahie ? Pardon de ne pas te prendre dans mes bras ? Pardon de te laisser filer vers l'hôtel et certainement vers le premier avion que tu trouveras pour Paris parce que tu es perdue, parce que tu ne sais plus rien ?

Lorsque Sara avait jeté la bouteille de bière contre le mur, je n'avais pas bougé. Et lorsque Terence l'avait raccompagnée à un taxi, je n'avais toujours pas fait un geste. Avant, Sara m'avait dit de venir la voir, qu'elle n'avait pas fini et j'avais eu l'impression qu'elle appuyait sur mes épaules, que c'était moi la vieille femme pliée en deux sur une chaise, tremblante. Plus tard j'avais ramassé un à un les éclats de verre et Terence avait saisi ma main qui serrait le dernier morceau coupant : « Je n'arrive plus à penser : j'ai l'impression que quelqu'un me frappe encore et encore. J'ai entendu ce qu'elle a dit et je sais que c'est impossible, qu'elle se trompe, que Jean-Martial n'a pas pu faire ça. »

Est-ce que Terence avait honte ? De m'avoir ramenée au temps de ma jeunesse et d'avoir tout saccagé ? Est-ce qu'il me méprisait, parce que je n'avais rien su voir ? Est-ce qu'il pensait vraiment que c'était possible ?

Je marchais seule vers l'hôtel et il ne sut pas que je tremblais : si je m'arrêtais, si je tombais, je ne me relèverais pas.

J'avais cru écrire l'histoire d'une femme en mélangeant la vérité et la fiction, je m'étais emparée de la vie d'une femme et j'en avais fait ce que j'avais voulu, sans penser à rien, et je lui avais fait un mal immense. Mais était-ce vrai ? Est-ce qu'elle n'avait pas tout inventé ? J'avais l'impression qu'après m'être emparée de sa vie, c'est elle qui s'emparait de la mienne et que son histoire me faisait disparaître, moi et tout ce que je croyais et tous ceux à qui je tenais.

Qu'est-ce que tu as fait en 1991 ? Est-ce que tu connais cette femme qui prétend s'appeler Sara ?

De quoi es-tu coupable ? Qui es-tu ? Est-ce que tu te caches ? J'ai cru à la fin d'un premier amour : c'était ordinaire et lâche mais soudain on a dessiné pour moi une autre histoire : tu avais un secret que je ne connaissais pas, tu portais une honte que tu ne pouvais pas partager, une faute que personne sauf toi ne pouvait te reprocher puisque personne n'avait su sauf celle qui n'était plus. Qu'as-tu vu en moi ? Qu'as-tu pensé en me rencontrant ? Est-ce que tu as cru que tu pourrais me raconter cette histoire et que tu as renoncé ? Est-ce que tu as dit un mot, fait un geste dont je ne me souviens pas maintenant, mais que je cherche, qui explique que je ne sois pas revenue ? Pour me protéger ou parce que tu as eu peur que je découvre ton secret ? Est-ce que tu m'as soufflé cette fin pour cette femme – elle meurt, on ne la retrouve pas – parce que tu espérais justement que ce soit le cas ? Est-ce parce que tu as appris sa libération, qu'elle vivait tout près de toi, qu'elle ne sortait pas mais qu'elle était là, que tu as vendu et fait raser la maison ?

Il me faut des faits, des preuves, pas des souvenirs. Je ne peux consulter aucun livre d'histoire. Tu ne réponds pas, je me sens seule et je suis fatiguée, j'ai l'impression de porter une mémoire comme un animal malade.

Je suis perdue et je t'écris ces questions et ces accusations. Tout se bouscule, tout chavire.

Je rentrai à Paris.

Terence ne m'écrivit pas. Seule Hemley m'appelait : son amitié me tenait en vie, une amitié sans questions, sans demandes, sauf celle de revenir à Douala, la même demande que lorsque nous nous étions quittées la première fois, comme si le temps tournait à vide et que rien n'avait changé. Tout le reste : la maison rasée de Jean-Martial, son absence, Terence, son corps, notre unique nuit, la rencontre avec Sara, ce qu'elle m'avait dit sur Jean-Martial, tout me semblait irréel, faux.

Jean-Martial n'était nulle part. Je lui avais écrit encore et comme à chaque fois il n'y avait pas eu de réponses. Ça ne me faisait plus aussi mal, étrangement. Je lui écrivis tous les jours, j'écrivis à ses amis, à l'université encore, j'écrivis aux archives nationales du Cameroun, aux militaires en poste en 91 responsables de la répression des villes mortes, aux associations étudiantes, à des membres de l'UPC et quand je n'eus plus personne à qui écrire, je décidai que c'était fini, que je ne l'aimais plus, que je ne cherchais plus la vérité, celle de Sara.

Je me répétais pour moi seule : tout est terminé. Il y a des choses qui ne peuvent pas s'expliquer, une femme disparaît et on ne la retrouve pas, une femme est arrêtée et elle sort de prison dix ans après, accusant son jeune voisin sans qu'il puisse se défendre, un amour se cache et ne reviendra plus, une femme part et laisse ce qu'elle a de plus cher, de plus précieux et choisit une vie plus ordinaire, une femme croit revivre sa jeunesse et c'est sa mort qu'elle serre. Oui j'avais l'impression de serrer ma mort.

Je pensais que tout était absurde, triste, et j'associais cette tristesse, cet écœurement à ce pays, à chacun de mes voyages à Yaoundé. Je me mis à imaginer ces années-là comme vides et vaines, je m'étais trompée, je n'avais rien appris, je n'avais rien voulu voir. J'eus l'impression que le discours, l'accusation de Sara avaient agi comme un grand effaceur. Je ne me souvenais plus de rien. Je n'étais pas fatiguée, je n'étais pas lasse, je vivais pour le seul présent puisque tout ce que j'avais été n'existait plus. Mes vies passées. Est-ce qu'avant de casser la bouteille et de se taire, Sara m'avait fait promettre de ne plus jamais venir au Cameroun ?

Quand Hemley m'appelait et me demandait pourquoi je ne revenais pas, même quelques jours, je répondais que je tenais une promesse. Hemley se mettait en colère : « À qui, Constance ? À qui as-tu promis une chose si bête ? Tu devrais juste être là. »

Quelques jours plus tard, Hemley m'appela : Terence lui avait raconté le dernier voyage, les accusations de Sara, ses doutes, son silence.

« Pourquoi tu ne m'as rien dit ? Je connais ce pays et je connais ces gens et je te connais toi. Tu t'attendais à quoi ? Tu crois que ça existe, l'innocence ? Tu crois qu'on survit comment ? Regarde comment tu agis, en coupable. Tu te caches. »

Non.

« Je voudrais une deuxième vie, je voudrais tout recommencer et faire d'autres choix, je voudrais revenir à Yaoundé à dix-sept ans et tomber amoureuse d'un autre homme le temps des vacances et l'oublier l'été suivant, je voudrais démarrer une collection des souvenirs impérissables, qui ne se briseraient pas, qui ne trahiraient personne. »

Les articles de Terence que je lisais sur Internet ou qu'Hemley m'envoyait, ne parlaient que de faits divers domestiques. Jamais il ne mentionna Sara, jamais il ne fit allusion à des arrestations suspectes, des disparitions. Il n'écrivait que sur les crimes du présent et il citait comme seules sources celles du gouvernement. Je pensais que lui aussi était passé à autre chose, qu'il avait rangé son livre, rangé sa quête et qu'il vivait comme avant.

Je me promis de ne plus écrire sur le Cameroun et je n'écrivais plus du tout. Je déclarais à Hemley et à tous ceux qui me posaient la question : « Je prends mon temps », et je me le répétais à moi-même pour m'en convaincre. Mais j'aurais été incapable de dire ce que je faisais de ce temps.

Un soir, j'observais Ruben, sérieux, concentré, déjà grand. Il saisit la main que je passais dans ses cheveux : « Je voudrais qu'on aille au Cameroun tous ensemble. En vacances. »

Je m'assis ou plutôt je tombai par terre.

« Tous ensemble ?

– Oui. Avec papa et toi. Lui aussi aimerait faire ce voyage. Il pense que c'est un peu mon pays. Il dit : on a tous un pays, un arrière-pays et tous les pays qu'on rêve. »

Un arrière-pays. Tu as trouvé ton arrière-pays, Jean-Martial ?

« Est-ce que je dois promettre aujourd'hui ?

– Oui.

– On fera ce voyage. »

Et cette promesse effaça la promesse que j'avais cru faire à Sara.

Ruben reprit son livre. Il ne me demanda pas quand et j'imaginai que son père lui avait conseillé de ne pas tout obtenir de moi tout de suite, d'avancer soir après soir. Mais le dernier jour de la semaine il me demanda :

« On part quand alors ? »

Je connaissais cette impatience. Et je m'étais préparée. Je lui expliquai tout doucement comme si je m'expliquais à moi-même :

« Je t'ai promis ce voyage et on partira bientôt tous les trois. Je veux te montrer ce que j'ai vu, les lieux que j'aime et je voudrais que tu rencontres des amis qui comptent beaucoup pour moi et qui te connaissent puisque je leur parle de toi, qu'ils t'ont vu grandir sur les photos que je leur montre. Je voudrais que tu ailles avec ton père dans le village de tes grands-parents même s'ils n'y vont plus depuis longtemps. Tu pourrais leur poser des questions, leur demander de t'en parler. C'est bien de préparer ce voyage avec eux. Et puis d'en parler avec ton père. Avant, je dois faire des choses moi aussi. Me préparer pour ce retour. »

Boîte postale,
Yaoundé VI, rue 7389

Jean-Martial,

Ça m'a pris du temps de venir jusqu'ici, de choisir cette place. J'ai l'impression d'une danse, comme une ronde, et de m'être parfois éloignée du feu, éloignée de la ligne des danseurs, d'avoir lâché ta main et d'avoir continué à danser seule. Ta mère disait ces mots si souvent, la roue tourne, la roue tourne et elle faisait ce geste avec les mains pour signifier que ça n'avait aucune importance : la vie filait, parfois ceux qui étaient partis revenaient à la même place, et parfois ceux qui s'étaient crus très malheureux connaissaient des instants de grâce et perdaient à nouveau un amour, une famille et un pays. Et tu lui demandais : mais alors qu'est-ce qui compte, qu'est-ce qui a compté ? Nous n'avions pas la réponse, nous ne l'avons toujours pas.

J'ai trouvé sa tombe au cimetière de Mvolye, celui des pères fondateurs, celui des saints, celui des grandes familles ewondos, ce jardin qui envoie au ciel, l'antichambre du paradis. « Tu sens l'air sacré, tu peux voir passer les anges », m'a dit le gardien et j'ai souri parce que j'ignorais tout de sa foi, je disais d'elle « c'est une combattante », et entre ces tombes, cherchant son nom je l'ai dit à haute voix et le gardien s'est retourné surpris, fâché : est-ce que c'est incompatible ?

Je pensais qu'elle n'avait pas de dieu. Est-ce que tu l'accompagnais à l'église, est-ce que tu priais avec elle ? Est-ce que tu as fait un discours le jour de sa mort, là à l'endroit où je me tiens, debout, penché vers le cercueil, aspiré par la fosse, le vide, la terre rouge ? Sur cette tombe, cette date : 31 décembre 2013. J'essaye de me souvenir où j'étais, à quelle fête, avec qui je dansais et rien ne vient.

Est-ce que tu t'es marié à l'église ? Est-ce que tu continues à prier ? J'ai demandé au gardien : « Un fils vient-il parfois ? Des fleurs sont-elles déposées à la Toussaint et le jour anniversaire de la mort ? » Il m'a laissée seule avec mes questions. Il s'est dirigé vers la basilique : « Je ne m'occupe que des morts, tu es la première à chercher la tombe, mais ça ne veut rien dire, ceux qui étaient là le jour de l'enterrement n'ont pas besoin de moi. »

Ruben était assis sur un banc à l'entrée du cimetière, il n'avait pas voulu entrer, il me tournait le dos, fâché que j'aie pu l'emmener ici. J'ai passé la main sur le nom gravé de ta mère, cette femme qui était entrée dans le salon à notre suite le premier soir à Yaoundé. Elle m'avait tenue dans ses bras, elle avait été ma famille pendant cinq ans, je connaissais sa vie, ses goûts, ses manies, et pendant toutes ces années elle n'avait pas écrit, pas cherché à me retrouver. Est-ce qu'elle avait deviné que je ne serais que de passage ? Est-ce que c'est toi qui lui as demandé de me laisser tranquille, pas d'au revoir, un immense silence ? Est-ce qu'elle a soupiré, soulagée, que son fils allait pouvoir épouser une Camerounaise ?

Tu aurais souri : pendant un instant dans ce cimetière, le monde autour de moi s'était tu, je n'entendais plus que mon cœur.

Le cimetière est un exemple : il y a tant d'endroits où nous pourrions nous croiser, passer l'un devant l'autre, nous retrouver, maintenant que je suis ici, que j'ai choisi ma place. Je suis allée dans tous les lieux possibles et tu n'étais pas là. Les lieux étaient comme des étapes d'un chemin de croix, ils étaient sacrés, des chapelles où je ne savais pas prier. J'avais fait des listes et j'écrivais : c'est la première fois que je reviens ici, là et là. Aujourd'hui je ne compte plus, les chapelles ont disparu et je peux regarder ce qui est ordinaire et simple, une maison, une église, un carrefour, et ne plus chercher de signes ou de preuves et j'ai l'impression que c'est ainsi que je te trouverai : quand ce pays tout entier m'apparaîtra tel qu'il est, que je saurai le regarder dans l'instant, que je pourrai traverser la ville pour faire mes courses, conduire Ruben à l'école, rejoindre mon travail, sans penser à toi. Ce n'est pas encore arrivé.

J'ai tenu ma promesse. Ruben, son père et moi sommes venus en vacances ici. Un an après la première demande de mon fils et un an après lui avoir répondu oui. Dans l'avion Ruben répétait : « Je suis si impatient. » Il avait fait ses devoirs : il avait interrogé son père, interrogé ses grands-parents, interrogé ses cousins qui vivaient à Douala, il avait dessiné les visages de cette nouvelle famille qu'il s'apprêtait à rencontrer. Il n'avait pas peur. C'était un jeu de piste, et il avait des missions : ses grands-parents lui avaient confié des lettres et des cadeaux, il était le messager et le prince. Son père le regardait : « J'ai trop tardé, j'aurais dû revenir plus tôt, j'aurais dû connaître la joie de ce fils plus tôt. » Mais de quoi est-elle faite cette joie ? De nous trois réunis, de cette promesse tenue, du sourire d'un grand-père qui n'a pas voulu revenir dans ce pays qui n'existe plus, avait-il dit, qui n'a pas lavé ses morts, qui n'a pas jugé les coupables, qui continue à tuer, à exposer les victimes à ciel ouvert, « c'est là que vous voulez emmener votre enfant, Constance ? » Mais il avait souri et il avait même béni ce voyage en promettant de regarder le lac d'Annecy et de le voir trembler quand nous ferions trembler d'autres lacs par nos baignades et nos ricochets puisque tout est lié sur cette terre et Ruben avait plongé dans chaque bassin de ce pays, dans tous les fleuves que nous avions longés et traversés et pas un instant je n'ai eu peur de l'avoir perdu. Quelle était cette joie qui nous unissait alors ?

Une année pour ce retour.

Moi aussi comme Ruben j'avais préparé notre voyage. La première fois Hemley m'avait invitée, la deuxième fois Terence avait cherché à ma place une femme que je n'espérais pas et avait organisé la rencontre, et j'avais eu l'impression d'être portée vers Yaoundé, entourée d'une douceur puis d'une violence qui ne m'appartenaient pas, mais cette fois mon amour j'ai acheté les billets, réservé des hôtels, organisé les étapes, et puis j'ai fait des listes : il me fallait revenir là où nous avions été tous les deux, voir Yaoundé, Douala, retrouver Suza, Campo, le Rocher du Loup, le pied du mont Cameroun, et puis Bafoussam, Mbalmayo, Bikop, le premier village. Je réservais à mon fils et à son père les lieux qui nous appartenaient autrefois, les seuils d'une initiation sans qu'ils sachent qu'ils les franchissaient : ils ont tout traversé et ils étaient vraiment là, ils ont vu et se sont arrêtés et j'ai parfois eu l'impression qu'ils avaient compris mieux que nous les paysages et les hommes. Avec eux ils existaient, ils étaient réels et pleins d'une histoire qu'ils interrogeaient et ils se tournaient vers moi : « Raconte-nous, où étais-tu, est-ce que tu te souviens ? » Et puis dans la voiture, au milieu des embouteillages, à la sortie des villes, ils me questionnaient : « Parle-nous de l'histoire que tu enseignes, et des histoires que tu as cherchées ici », et je me tournais vers Ruben et son père : les maquis de l'Indépendance, la présidence d'Ahidjo, puis celle de Biya. « Oui et raconte aussi les villes mortes, les arrestations d'opposants, 2008, 2016, 2021, raconte à Ruben pourquoi c'est plus difficile d'aller au Nord, et pourquoi on ne peut pas aller au Sud-Ouest et au Nord-Ouest, la guerre qui y est menée. » Et Ruben ouvrait de grands yeux.

Je répondais, amour, comme tu l'avais fait avec moi quand c'est moi qui posais toutes les questions, mais de nouvelles questions s'étaient ajoutées à l'histoire et pour celles-là j'étais seule, tu ne m'avais pas soufflé de réponses, je ne pouvais qu'imaginer les tiennes, ce que tu aurais dit, ta colère, et c'est ainsi que parfois je tapais sur le volant de la voiture, que j'élevais la voix comme si c'est toi qui me soufflais cette tempête et Ruben et son père me regardaient complices, pas effrayés mais avec une nouvelle question qu'ils ne posaient jamais : d'où vient cette voix étrangère ? Elle vient de toi, amour, tu n'as jamais été aussi présent que là. Tout avait un contour net avec eux, et mes souvenirs sont redevenus réels : je nous voyais mieux étrangement depuis que Ruben et son père connaissaient l'immeuble de Yaoundé, la plage du Rocher du Loup, Biyem-Assi, la forêt d'Ebo, la montagne percée, Ngog Lituba, le Nyong, et je me suis souvenue de ce que j'avais oublié. Mon fils courait vers l'océan à Campo et tu me tenais la main comme avant, tu plaçais tes mains autour de ma taille, je sentais ton souffle et j'ai eu l'impression de te retrouver vraiment. Je le regardais se baigner, nager loin, revenir vers la plage et j'étais avec toi et avec lui.

Tu n'es pas mort.

Je suis allée là où nous avions vécu, là où nous devions vivre et bien sûr je ne t'ai pas trouvé, tu n'as pas construit ta maison au bord de l'océan, tu n'as pas bâti une cabane à Suza, tu ne possèdes pas cette maison à Yaoundé qui elle existe toujours au carrefour Biyem-Assi devant l'hôtel Prestige et à côté de la station Total, et dont tu disais qu'elle pourrait être la nôtre, tu n'es pas là où mes souvenirs m'ont menée ni là où des témoins, des amis ont cru te voir mais les lieux qui existent, qui n'ont pas disparu, qui sont plus vivants que nous, plus forts, m'ont offert cette évidence : tu vis.

Et maintenant je le sais : tu n'as pas quitté ce pays, je n'aurai pas à te chercher à travers le monde, dans ces îles lointaines puisque tu ne voulais vivre que sur une île si on devait s'installer loin du Cameroun. Tu disais que dans ces îles nous pourrions construire un monde, en Écosse sur l'île Jura, en Islande, ou au large de Stockholm. Tu voulais pour nous le froid, la nuit, l'étrangeté absolue. Des années plus tard j'ai lu les romans de l'écrivain Stefansson et je t'en ai envoyé des extraits dans ces mails sans réponse. Ces pages étaient si proches des pays rêvés que tu me décrivais jour après jour : « ces îles où la lutte pour la vie était si exigeante qu'il n'y avait pas de place pour autre chose, pour les grandes nouvelles, les événements marquants. C'est une région qui n'a pas d'histoire, prisée par ceux qui souhaitent être oubliés », et d'autres pages où une femme racontait que cette île gardait le froid, le vent et les tempêtes pour qu'ailleurs les gens puissent profiter du beau temps. J'ai cru pendant des mois que tu avais choisi l'Islande et que tu étais le seul Camerounais de ces terres lointaines, comme un défi, une insolence qui te ressemblait. Je suis partie là-bas, et je ne t'y ai pas trouvé non plus. Nos lieux, les hommes, le regard de Ruben, même ton absence, me disent aujourd'hui que tu es resté au Cameroun, que tu vis là, tout proche, je t'ai juste perdu et manqué. Il a suffi que je monte trop vite dans la voiture en quittant le marché d'Edéa et que je ne te voie pas arriver, portant les courses d'une semaine, ou que je me détourne brusquement de l'océan à Campo au moment où tu y entrais, ou que je tourne au carrefour de TKC en allant vers Obili et que je ne te voie pas derrière moi.

Tu vis ici et seules mes questions demeurent : où as-tu voulu être oublié ? Où vis-tu de petites nouvelles ?

Nous ne faisons que nous croiser et nous manquer mais tu es là et tu vis.

Les lieux ont parlé, les souvenirs sont revenus et les réponses sont arrivées.

J'ai longtemps pensé que j'avais mal cherché. J'avais cru que tu te trouverais à la même place, assis dans la maison de Biyem-Assi puis j'avais cru qu'il me suffirait de t'écrire pour que tu me répondes et puis je m'étais détournée de toi et j'avais laissé de la place à d'autres. À Terence, à Sara qui parlaient à ta place, et qui me parlaient de toi. Et après la stupeur, après les doutes, après le silence, j'étais convaincue qu'ils mentaient. Qu'ils ne savaient rien. Qu'ils inventaient. Que le roman avait fait naître des fables, des colères inconnues et que ça ne me concernait pas. Terence et Sara malgré eux, pensais-je alors, en m'obligeant à te défendre, m'avaient ramené à toi seul, à ce que nous étions, à ce que je devais chercher sans eux. Et pendant cette année, je n'ai pensé qu'à toi. Pas à Terence, pas à Sara, ou alors de façon floue, comme si je les observais en arrière-plan d'une scène principale. J'ai repris mon enquête et j'ai écrit à nouveau à tous nos amis, à tes professeurs, à tes élèves, aux enfants qui portaient ton nom et dont j'imaginais qu'ils pouvaient être un cousin, un neveu, tes enfants. J'avais retrouvé les membres d'associations étudiantes qui m'avaient menée vers d'autres noms, certains étaient dans ta classe, certains avaient manifesté à tes côtés. J'avais aussi fait de nombreuses recherches auprès de l'université où tu enseignais, puis auprès de toutes les universités du pays. J'avais écrit au maire de l'époque, aux autorités du quartier, j'avais tapé ton nom sur tous les réseaux, tous les forums. J'avais interrogé les associations des droits de l'homme qui tenaient la liste des arrestations arbitraires, des condamnations sans procès, des enlèvements, et des exécutions. Tu n'y figurais pas. J'avais écrit à l'entreprise de démolition de la maison de Biyem-Assi et à l'entreprise qui avait déménagé les meubles : où les affaires avaient-elles été envoyées ? Je n'ai pas dit que je cherchais seulement un carton et un canapé bleu. J'avais entamé aussi une longue correspondance avec la directrice des Archives nationales de Yaoundé. Je voulais retrouver une trace des combats de ta mère et de ta grand-mère, ou des femmes qui leur ressemblaient : peut-être que ta disparition était liée à elles, à ces femmes, à leurs histoires, et pas à moi ni à la disparue ? La directrice n'avait rien trouvé. « Les archives ne sont pas archivées », s'était-elle excusée. Le bâtiment à Yaoundé qui devait les accueillir était en chantier, elle régnait sur des kilomètres de bibliothèque déserts mais elle espérait qu'ils se rempliraient un jour de toutes les histoires, de « l'histoire de ces femmes » et je la croyais.

À Paris j'avais été frappée par cette évidence : tes amis la première fois ne m'avaient pas parlé parce qu'ils m'avaient jugée coupable et d'autres ne m'avaient pas répondu parce qu'ils pensaient que toi tu l'étais et j'étais sûre qu'ils avaient raison, nous l'étions, coupables, mais pas comme ils l'imaginaient et il fallait trouver d'autres témoins qui ne se prenaient pas pour des juges. Il fallait déplacer mes questions, ouvrir mes recherches, m'occuper de toi, de ton ombre, des traces que tu avais laissées mais aussi, puisque ces recherches ne donnaient rien, de toutes les affaires, des révoltés des années quatre-vingt-dix et chercher encore ailleurs : les disparitions, les manifestations, les révoltes plus récentes.

Ça m'avait pris un an.

Tu restais introuvable, amour.

Ton histoire, que j'avais pu reconstituer à partir de toutes ces recherches, ne tenait qu'en quelques lignes. Ta mère était morte en 2013. La maison avait été démolie le 1er septembre 2014, ce qui était la preuve que tes sœurs et toi étiez déjà loin. La société de construction de l'immeuble m'avait répondu que les affaires restantes dans la maison avaient été soit récupérées par des ouvriers, soit vendues, ou posées sur le trottoir. Elle m'avait donné une adresse et le nom de ta sœur aînée qui n'avait jamais répondu à mes mails. Je lui avais écrit en espérant qu'elle n'ait pas déménagé. Tu avais quitté l'université de Yaoundé en juin 2015. Aucune autre université camerounaise ne t'avait embauché après. Deux élèves m'avaient écrit. Tu avais suivi leur mémoire puis tu les avais orientés vers d'autres professeurs : tu avais donc choisi volontairement de ne plus enseigner.

Ta sœur m'a appelée un mois après l'envoi de la lettre. Elle vivait à Douala, à Bonapriso, pas très loin de la galerie où j'avais rencontré Hemley. Elle ne savait pas que j'étais revenue au Cameroun. Elle avait changé de mail depuis longtemps. « C'est l'adresse de mes seize ans », m'avait-elle dit en riant. Il n'y avait aucun reproche dans sa voix. « De toutes les filles, je suis la seule à être restée au Cameroun. Après la mort de maman, Jean-Martial a voulu vendre la maison, je n'étais pas d'accord, on s'est tous battus et j'étais un peu seule. La maison a été démolie et je lui en ai voulu. On a pris l'argent et puis on s'est perdus. Je pensais qu'il enseignait toujours à Yaoundé. »

« Tu n'as aucune nouvelle ?

– Non. Mais je ne suis pas inquiète et tu devrais ne pas l'être. Il a toujours fait ce qu'il voulait. »

En arrivant au Cameroun je suis allée la voir avec Ruben. J'ai cherché dans sa maison de traces de toi, des vestiges de la maison de Biyem-Assi, un carton portant ton nom : tout était neuf ou acheté sur les marchés de plein air : les mêmes lits massifs, les mêmes canapés, les mêmes miroirs, les mêmes bibliothèques qu'on trouvait à la sortie de la ville. Comme un appartement témoin du vide et du mensonge. Où étaient les albums, les livres, les photos aux murs ? « C'est Jean-Martial qui a gardé tout ça. »

Ça m'a semblé impossible et j'ai pensé que ta sœur aussi mentait et que ça me laissait une chance : je pouvais la suivre, elle me mènerait à toi. Hemley avait proposé de s'en occuper. Mais je n'étais pas un policier, amour. Je me disais que tu lui avais demandé de se taire, que son calme était un message : « Le temps viendra, un jour, de te retrouver quand il l'aura décidé. »

Alors j'attends, amour.

Et puis j'ai trouvé un homonyme, prêtre à Sangmélima. C'est lui étrangement qui m'a été le plus utile.

Est-ce que tu le connais, amour ?

Il m'a répondu que je n'étais pas la première à m'être trompée. Qu'une femme déjà l'avait appelé quelques années auparavant et que cet appel l'avait troublé parce qu'il avait découvert que vous aviez le même prénom, le même nom, le même âge et que vos visages paraissaient ceux de deux frères. « Mon jumeau caché », m'a-t-il dit. Ça l'avait tellement intrigué que c'était lui qui avait rappelé ensuite la femme pour savoir où elle en était de sa quête mais la femme n'avait pas répondu. Il avait gardé ses coordonnées et il me les a confiées.

Je lui ai écrit, tu sais. Pardonne-moi : tu étais si secret, si discret, j'ai l'impression de forcer une porte, de taper, taper jusqu'à ce qu'elle cède et c'est comme si je te frappais toi et que mes coups faisaient disparaître ton visage.

Elle a répondu quelques semaines après. Tu lui avais parlé de moi. Tu avais raconté notre histoire. Et j'ai écouté cette femme en pleurant au téléphone, parce qu'elle me rendait ce que nous avions vécu, notre première rencontre, nos serments, la dernière année et j'ai su que tu l'avais aimée comme tu m'avais aimée et peut-être davantage car il n'y a qu'à un amour possible et sûr qu'on dit la vérité. Elle était étudiante. J'étais encore là dans ta vie et vous vous étiez embrassés. Il ne s'était alors rien passé d'autre que des dîners et un baiser, m'a-t-elle dit. Plus tard, vous aviez vécu ensemble et puis tu l'avais quittée et elle avait cru s'en remettre mais lorsqu'elle avait voulu t'écrire que tu lui manquais ton téléphone ne sonnait plus, quand elle était venue te voir la maison avait été détruite, quand elle s'était rendue à l'université tu avais démissionné. Elle t'avait écrit et à elle tu avais répondu et elle m'a fait suivre ton mail. Et puis elle a cru bon d'ajouter qu'elle ne te cherchait plus et qu'elle espérait que je finisse moi aussi par ne plus t'espérer.

J'aurais aimé que tu parles de moi dans ce message que tu lui avais envoyé – la dernière trace de toi – mais pourquoi l'aurais-tu fait ?

« Pardonne-moi de t'avoir laissé sans nouvelles. Mon départ n'est pas une fuite. J'ai tout voulu et je n'ai pas peur. Je ne pouvais pas être un mari et un père ou un amant éternel ou un homme qui attend. Il fallait que je fasse quelque chose, que j'agisse et cette ville et l'université et la maison de ma mère ressemblaient trop à une prison ou à une tombe. Nous avons plusieurs vies Clarisse pour rattraper tout ce qu'on a raté, tout ce qui a été déçu et trahi et blessé. Pardonne-moi. J'ai attendu une femme qui n'était pas toi et pourtant j'ai aimé chaque jour avec toi mais ce n'est pas suffisant. Et j'ai attendu une vérité. J'ai trouvé les deux et ça n'a rien apaisé mais au moins je n'attends plus. Maintenant je peux faire autre chose. »

Est-ce que tu aurais pu m'écrire les mêmes phrases, les mêmes excuses ? Combien de vies as-tu vécues depuis cette lettre ? Pourquoi tu ne me réponds pas ? Cette femme et cette vérité, qui sont-elles ? Est-ce que je pouvais être cette femme ou était-ce la disparue ? Est-ce que c'était Sara, amour ?

Clarisse ne le savait pas.

Sur mon bureau s'entassaient tous les dossiers des disparus envoyés par les journaux, par Hemley, par les associations, par la directrice des archives qui aurait dans une autre vie voulue être commissaire de police plutôt qu'errer dans ces pièces vides.

Je portais en moi mille histoires de trahisons et de crimes, et je pensais que l'une d'elles me mènerait à toi, me parlerait de toi.

Je t'avais cherché par notre passé et par celles et ceux qui t'avaient connu.

Et maintenant je te cherchais par le crime.

Je te cherchais par l'histoire.

Je te cherchais sous tous les faits divers et les scandales d'État.

Tu étais devenu ce pays et sa marche, et son État et sa honte.

Là aussi tu n'étais nulle part.

Mais en venant ici avec Ruben et son père j'ai eu le sentiment inverse : tu pouvais être partout.

Nous ne devions rester au Cameroun que deux semaines pendant les vacances de Pâques, « à la saison des mangues, m'avait dit Hemley. Je vois déjà Ruben les dévorer l'une après l'autre, au pied de l'arbre et en être malade. Ce sera sa première fois et il n'oubliera pas le goût, l'odeur, sa joie, son écœurement, je me verrai à son âge, je te verrai à son âge. »

Nous étions rassemblés chez elle, Ruben dormait, on buvait beaucoup en discutant. Hemley racontait le pays, elle fumait, elle faisait de grands gestes et le père de Ruben riait et elle me regardait avec tendresse : pourquoi l'as-tu quitté ? Et je lui souriais : « C'est comme ça, il n'y a rien à rattraper. » Nous n'avions pas besoin de mots. Et sans que j'aie besoin de parler aussi, elle a su que je resterais ici, que le moment était arrivé.

Ce n'était pas uniquement pour toi. Il fallait que je vive à Yaoundé.

Je l'ai annoncé au père de Ruben quelques jours après. J'avais déjà pris mes dispositions, annulé mon billet, loué l'appartement à Biyem-Assi dans l'immeuble qui avait remplacé ta maison. J'avais cru que je pouvais vivre ailleurs à Yaoundé mais ce n'était pas vrai. Le propriétaire n'avait pas réussi à vendre et il avait accepté tout de suite ma proposition. Je resterais le temps qu'il trouve un acquéreur. Je paierais à la semaine.

Cela fait quinze semaines, amour.

Le père de Ruben m'avait dit tout de suite qu'il rentrerait à la date prévue mais que si Ruben voulait rester, il ne s'y opposerait pas. Il n'avait pas eu l'air surpris. « Je t'ai regardée depuis que nous sommes arrivés. Quand tu conduisais, quand vous discutiez Ruben et toi, quand tu lisais. J'ai espéré croiser ton regard mais tu étais ailleurs. Tu es une autre femme ici, qui me plaît autant que celle que j'ai rencontrée à Paris mais celle-là, je ne la connais pas et je ne suis pas certain que tu la connaisses toi-même et je crois que c'est aussi pour ça que tu restes. Pour savoir ce que Yaoundé fera de toi. Tu n'y habiteras pas toujours, ça ne me fait pas peur, tu décideras du temps qu'il te faut, je viendrai à toutes les vacances scolaires, je m'installerai ici, j'apprendrai peut-être à aimer ce pays autant que toi. »

Ruben et moi vivons là où nous devions vivre, exactement à la place de la maison de ta mère mais à quelques mètres au-dessus du sol, comme si l'arbre existait toujours et que Ruben et moi avions installé notre cabane tout en haut, à cet endroit que je voulais atteindre mais que tu me refusais et j'entends encore ta voix, "Redescends, Constance, c'est trop dangereux, une branche va céder, c'est un vieil arbre", et je sautais dans tes bras amour, avec tout le poids de mes dix-sept ans.

Qui a abattu cet arbre ? Toi ?

Je ne t'ai jamais dit que j'avais le vertige. Je grimpais pour cette ivresse, pour te faire peur et pour me faire peur. Maintenant il suffit d'ouvrir la fenêtre et de se pencher. Et je peux apercevoir Ruben traverser la rue dans son uniforme bleu, rejoindre l'ami qui l'attend et me fait signe et les suivre du regard en continuant à fumer. Le collège n'est pas loin. J'ai installé mon bureau dans cet appartement : c'est là que j'écris, que j'enseigne à distance, c'est là que j'ai disposé les dossiers de mes recherches. Hemley vient me voir, elle dort à la maison quelques jours et elle regarde l'appartement comme si elle le voyait pour la première fois : « Cet endroit ne te ressemble pas, chérie, promets-moi que dès que tu en auras fini avec Yaoundé et ce que tu cherches tu viendras vivre à Douala. » On rit : encore un départ, un déménagement, une nouvelle vie.

Où es-tu amour dans celle-là ? Je regarde par la fenêtre, j'entends les bruits de notre ville, les bruits désormais familiers de cet immeuble : je suis à notre place et je te guette et je souris en pensant que je vis dans mon roman, au même carrefour, sans l'ombre d'une peur, sans l'ombre d'une disparition sauf la tienne.

Je n'ai pas appelé Terence tout de suite. J'achetais le journal et lisais ses articles, je passais devant son appartement : mais peut-être avait-il déménagé ? Je n'étais plus fâchée, et je m'en voulais de l'avoir été : rien n'était sa faute, il avait cru au livre, il avait cru la femme, il avait cru en toi aussi. Lorsque je l'avais quitté précipitamment après les accusations de Sara, il m'avait écrit qu'il sentait qu'elle ne mentait pas mais qu'elle ne disait pas tout, qu'elle ne savait pas tout et que dans ce silence se cachait ton innocence. Qu'il fallait la chercher.

Ton innocence, ta culpabilité.

Ici, amour, à Yaoundé, j'ai compris Terence. Et j'ai cru Sara un peu plus chaque jour sans jamais douter de toi. Et j'ai pensé que Terence avait eu raison : il aurait fallu chercher mais je ne l'avais pas fait et il m'avait appris la mort de Sara quelques mois avant mon retour : « Il n'y avait que sa fille et moi à l'enterrement, aucune cérémonie, pas de banderole à l'entrée du quartier. » Il était trop tard pour la prendre dans mes bras, la questionner, lui demander la suite de ce récit qu'elle avait interrompu par fatigue et que je n'avais pas voulu entendre.

Lorsque j'avais téléphoné à Terence, je me tenais à ma place préférée : debout à la fenêtre, observant Ruben traverser la rue et s'éloigner, et j'avais dû glisser contre le mur, m'asseoir en entendant sa voix. Il m'avait tellement manqué, presque autant que toi amour et je pouvais le lui dire. Et peut-être qu'au milieu des morts et des disparus qui m'occupaient, il était une retrouvaille espérée, un salut, une paix.

Il est venu tout de suite et tout de suite nous avons fait l'amour contre ce mur, et par terre là où j'étais assise juste avant.

Et toi, avec qui fais-tu l'amour aujourd'hui ?

Dans les bras l'un de l'autre, Terence et moi avons su que ces retrouvailles-là n'auraient pas de suite. Nous avions d'autres vies à présent. Il m'a avoué tout de suite qu'il aimait une femme et je n'ai pas tressailli, et je ne tressaillerais pas si tu me disais que toi aussi tu aimes un autre visage, un autre corps, une autre mémoire. Nous avons fini de nous aimer de cette manière. Je ne sais pas comment nous nous aimons encore, de quoi cet amour est fait mais je le saurai en te retrouvant, dans l'instant.

Quand il m'a dit enfin qu'il avait rencontré la fille de Sara bien avant la mort de sa mère et l'enterrement, j'ai continué à l'embrasser, à tenir ses mains contre mon cœur.

J'ai dit « Raconte-moi » ou « Je t'écoute » et peut-être ai-je ajouté « Je suis là » comme si je voulais me prouver que cet aveu ne m'avait pas renvoyée à Paris ou plus loin encore, dans cette Islande inconnue où tu voulais vivre pour ne plus jamais entendre parler de ce pays, de ses histoires tragiques, absurdes, ironiques, de ses légendes, des morts qui hantent chaque rue, de ces guerres qui se répètent avec les mêmes effets, les mêmes martyrs, les mêmes alliances, des cartons qui se perdent et qui contenaient nos jeunesses, des maisons détruites, des hommes qui disparaissent, des femmes qui détenaient peut-être la vérité et qu'on a pas su entendre parce qu'on mélange la fiction et la vie et qu'on ne sait plus qui est un témoin, un personnage, un soldat.

Terence était allé chez Sara chaque semaine et chaque semaine sa fille l'avait renvoyé le moins durement possible : « Elle a tout dit, qu'est-ce qu'elle pourrait vous apprendre, les années de prison ont compté double ou triple, c'est une vieille femme qui n'a plus de force. » Pour provoquer une réaction, parce que ses questions l'empêchaient de dormir, de travailler, il lui avait parlé sans la regarder : où était votre mère ? Dans quelle prison ? J'aimerais rencontrer celles et ceux qui l'ont connue, qui faisaient partie de son groupe : est-ce que vous pourriez m'aider ? Est-ce que d'autres femmes comme elle sont encore détenues ? Est-ce qu'elle pense vraiment que Jean-Martial était un agent des services de renseignement ? Je crois qu'elle ne sait plus qui elle est, ce qu'elle a fait, ce qu'on lui a fait. J'ai retrouvé des détenues et même celles qui n'ont subi qu'un interrogatoire, elles disent toutes qu'elles ne sont plus les mêmes, que la peur et la colère leur ont façonné un nouveau visage. Elles ajoutent que je devrais faire le portrait de ce pays et que je découvrirais ce qui est arrivé à nous tous ici : de soulèvements en crimes, de protestations en arrestations, de cris en plaintes si étouffées qu'on dirait un murmure, une berceuse, nous sommes devenus des hommes et des femmes brisés, muets malgré nos exclamations et nos éclats de rire.

La fille de Sara avait répondu à Terence de s'en aller.

Il avait raison, amour ? C'est ainsi que tu te sens ? Tu as vécu les manifestations de 1991, les arrestations de 2008, de 2016, la guerre au Nord, la guerre à l'Ouest, les atrocités, les répressions, les mensonges d'État, les oppositions dispersées et dissoutes, et tout cela en témoin simple puisqu'il n'y a aucune preuve que tu aies joué un rôle, autre que celui, il y a longtemps, d'étudiant révolté. Est-ce que toi aussi comme Terence tu es un homme muet ?

La semaine d'après, Terence est revenu et cette fois la fille de Sara lui a ouvert et l'a fait entrer dans la maison. Il s'est assis sur le canapé, tremblant, parce qu'elle est très belle. Je l'ai rencontrée depuis et si elle est la copie de sa mère à son âge, alors je comprends que tu sois tombé amoureux de cette femme. C'est pour ça que tu la suivais, n'est-ce pas ? Et je me mords les lèvres : est-ce que je n'ai été qu'un personnage secondaire ? Est-ce que c'est elle que tu as aimée ?

La fille a tendu à Terence une bière et un dossier. « Ma mère m'a raconté. J'ai fait ce que vous lui demandiez, j'ai ressemblé les preuves. Elle n'a jamais menti. Vous êtes venue la chercher, vous lui avez fait ouvrir la bouche alors qu'elle ne tenait qu'au silence et puis vous ne l'avez pas crue. Vous êtes misérable. Vous pouvez lire ici. Ces documents ne sortiront pas de la maison. Et puis vous claquerez la porte. » Terence a tourné les pages de ce qui était un journal, les étapes d'une enquête que la fille avait réalisée. Elle avait trouvé des comptes-rendus de visites carcérales, d'enregistrements, des articles, des photos. Terence est resté cinq heures et pendant tout ce temps personne n'a traversé le salon et la fille s'est assise sur le muret devant la maison. Elle paraissait ne faire que boire, fumer et le surveiller.

Diplômes, titre de propriété, témoignages d'étudiants et de professeurs, articles, déclaration de disparition de Sara signée par Jean-Martial E., PV daté du jour de l'enlèvement, témoignage d'une voisine, Marie-Ange, mère de Jean-Martial E., témoignage de Jean-Martial E. Plainte déposée par Jean-Martial E. pour enlèvement et séquestration. Courrier de l'administration pénitentiaire quatre ans après son arrestation : « La détenue purge une peine pour atteinte à la sécurité de l'État et outrages. » Description des prisons de Yoko, de Tchollié, de Mantoum où elle a été transférée et est restée : 18 mois, 4 mois, 5 ans. Lettres de l'avocat réclamant sa libération. Pièces déposées. Listes de visites autorisées. Parmi les premiers visiteurs : Jean-Martial E. Date de la dernière demande de parloir et visite : juillet 2001. Compte-rendu du médecin de la prison un an avant sa sortie en septembre 2001 : démence, troubles cognitifs, tuberculose. Lettre de la présidence : une grâce pour la détenue compte tenu du nombre d'années d'emprisonnement, de sa bonne conduite, et de son état de santé. Liste des affaires personnelles.

Demande de parloir. Terence avait photographié le document, il me l'a montré et c'était ta signature, ton écriture.

Juillet 2001. J'étais là, amour, mais où étais-je alors ? Que m'as-tu dit pour aller la voir ? Quel mensonge ?

Ainsi tu avais retrouvé Sara. Je me suis souvenue de tes mots à la femme que tu as aimée après moi : « J'ai attendu une femme et la vérité. J'ai trouvé l'une et l'autre. » Et j'ai maintenant la réponse : cette femme c'était elle, Sara.

Est-ce que tu pensais que je n'aurais pas compris ?

Est-ce que c'est la vérité que tu as trouvée avec elle qui te semblait insupportable pour moi, incompréhensible ?

Est-ce qu'elle seule pouvait dire si tu étais coupable ou innocent ? Est-ce que tu avais oublié ce que tu avais fait ?

Tu es celui qui a porté plainte, qui a témoigné, qui a pris un avocat. Est-ce que c'était une diversion ? Est-ce que tu dissimulais ainsi ta culpabilité en faisant preuve de courage ou est-ce le signe que tu as toujours été de son côté, que tu as pris des risques pour elle, que tu l'aimais ? Tu as réussi à la retrouver et tu es allé la voir en prison, amour ? Qu'as-tu apporté ? Qu'as-tu dit ? « Pardon ? Pardon de t'avoir dénoncée ou pardon de n'avoir pas été arrêté avec toi, pardon de n'avoir rien fait pour empêcher ta disparition, pardon de n'avoir pas réussi à te faire sortir de prison, pardon de n'avoir rien dit de toi à ceux qui m'entouraient, à cette femme que j'aime et que je vais perdre aussi, comme si c'était ma malédiction, perdre toujours ? »

Est-ce que c'est ça ton secret ? Tu as aimé cette femme, elle a été arrêtée et pendant des années tu n'avais plus de nouvelles. Elle était tenue au secret et puis elle changeait de prison tous les deux ans, tu la retrouvais et tu la perdais encore. Et tu m'as aimée et moi aussi tu m'as perdue. Est-ce nos séparations que tu portes, nos manques, nos silences ? Est-ce que tu te sens coupable de ça aussi ?

Terence a fermé le dossier, terminé sa bière, regardé la fille dehors, si belle de dos : il avait envie pour la première fois de dire à une femme qu'il savait qui elle était, ce que chaque page lui avait coûté, de temps, de recherches, de discussions infinies, de tristesse, qu'il savait qu'elle ne dormait pas comme lui ne dormait plus après la publication de ses articles parce qu'il avait juste pointé des faits et jamais avancé une vérité. Qu'il ne voulait pas douter de sa mère ou de toi, mais qu'il doutait de tout le monde et en me racontant cette histoire, amour, il a ajouté tout en tenant mes mains, en m'embrassant, en passant sa langue sur mes lèvres et mes paupières qu'il doutait aussi de moi.

Il est comme toi, je suis sûre que là où tu es tu ne fais confiance à personne, que la vie t'a enseigné cet art de vivre en ne comptant que sur toi.

Tant de questions tournaient en lui.

Se pouvait-il que tu aies dénoncé Sara et que te sentant coupable tu n'aies eu de cesse de la retrouver, d'être là pour elle, de te faire pardonner ?

Ou tu n'avais rien fait et au contraire ce dépôt de plainte, l'avocat, les visites en prison le prouvent. Tu n'étais qu'un passant, un témoin de son arrestation, là par hasard, et tu t'étais promis de la chercher toujours ? Terence regardait la fille de Sara : est-ce que quelqu'un savait où était la vérité ?

Il était toujours assis sur le canapé, il voulait se lever et retrouver cette femme dehors, la remercier. Sara est entrée à ce moment-là dans le salon, la vieille femme qui ne sortait plus, ne voulait plus parler. Elle s'est assise à côté de lui.

« Tu es revenu ? Tu n'as jamais cessé de me chercher. »

Elle a glissé sa main, tremblante, tachée, une main couverte de cicatrices, m'a dit Terence – avec quoi l'ont-ils tapée, amour, et brûlée ? combien d'os ne se sont jamais remis pour que ses mains gardent ces bosses, ces creux ? et qu'ont-ils fait à son corps ? – et Terence a refermé sa main très doucement. Il a caressé cette main comme s'il lui demandait pardon au nom de tous les hommes et de tout un pays, et c'est là qu'il a compris que Sara le prenait pour toi, amour. Que ç'aurait dû être toi. Que tu n'avais cessé de venir, que dès que tu avais su où elle était détenue, tu étais allé la voir, une fois, deux fois, autant que possible, dès qu'on t'autorisait ces visites. Que tu l'avais perdue à sa libération et qu'il t'avait fallu la chercher encore pendant des années et que tu avais fini par la trouver : sa maison à Biyem-Assi avait aussi été détruite mais elle vivait quasiment à la même place au rez-de-chaussée d'un banal immeuble semblable à celui où j'habite.

Est-ce que c'est un exemple ? Est-ce que tu crois que je pourrais te retrouver et te perdre encore et continuer à chercher ?

Tu avais disparu pour nous mais tu réapparaissais là dans ce salon, dans les yeux de cette femme, dans le dossier de sa fille.

Sara est morte le 16 juillet 2021. Un mois après cette visite de Terence. Tu es passé la voir juste avant ou juste après, j'en suis convaincue.

Tu étais vivant à Yaoundé alors.

Tu es à Yaoundé alors.

Sara a parlé à Terence comme si elle te parlait et même si je n'ai encore aucune preuve, si je ne peux me fier qu'au récit de Terence, voilà ce que je ferai, comment je vivrai ici, parce que c'est peut-être ce qu'il y a de plus juste à faire à présent que cette femme est morte, que tu ne réponds plus, que je vis à Yaoundé : croire, croire enfin.

Sara a dit à Terence en le prenant pour toi : « Tu viens chaque mois, tu ne rates aucun rendez-vous et moi qui ne sait plus lire l'heure, qui ignore le temps, tu es mon repère, la croix sur un calendrier vide. »

Je veux croire que ces mots étaient aussi pour moi, que depuis notre première rencontre Sara n'avait cessé de me parler :

« Je perds mes yeux. Tout est plus flou jour après jour, et tu disparais un peu plus à chaque fois que tu viens. Je meurs. Il m'aura fallu tous ces jours, toutes ces années pour me souvenir de la femme, de la mère que j'étais, de ce que j'avais vécu et le travail de recherche patient de ma fille et de toi, ta présence, permanente, dans ma tête et chez moi. Je t'ai tellement maudit. J'imagine que cette colère m'a tenue en vie. Tu es peut-être un monstre et peut-être mon ange. Tu m'as peut-être condamnée et tu m'as peut-être sauvée. Je n'ai pas la réponse. Toi seul. Et je te regarde, et je te vois soudain et je te sais innocent comme tu n'as cessé de me le dire en prison : "Rappelle-toi, Sara, souviens-toi, ce que nous étions, qui je suis" et comme tu me l'as dit à cette place, sur ce canapé. Et cette femme qui t'a aimé doit le sentir aussi et si elle t'a retrouvé et qu'elle te voit comme je te vois elle le sait aussi. Quand je l'ai rencontré, je n'ai pu lui dire qu'une partie de l'histoire, qu'une partie de ma vérité : je voulais lui parler de toi, je voulais lui raconter nos discussions, mes doutes et qu'elle était avec nous à chaque fois. Tu la portes, tu portes son absence comme tu as porté la mienne. Cette femme est partie, je l'ai fait fuir et je m'en veux : je vais mourir et personne ne saura notre histoire, ton histoire. Tu pourrais le faire toi. Je te vois avec ton carnet qui ne te quitte pas, tu notes tout et j'ai l'impression de retrouver l'étudiant studieux, le jeune homme qui ne dansait jamais, qui me regardait et qui écrivait. J'ai perdu la mémoire et ce que nous avons retrouvé ne permet pas de tout savoir mais je me fie à toi : tu n'es pas coupable, je ne le suis pas, et j'essaie d'apprendre ça à ma fille. Peut-être est-ce cette femme venue à Yaoundé pour toi qui me fait parler ainsi ? Peut-être est-ce la mort toute proche ? Elles se confondent toutes les deux pour moi à présent. »

Pour toi aussi ? Je suis ta femme et la mort et tu nous fuis ?

Sara avait continué à parler en serrant plus fort la main de Terence comme si elle reprenait vie.

« J'ai des instants de lucidité comme aujourd'hui et je te vois. Tu es là et tu ne m'as jamais quittée. La dernière fois, le mois dernier, tu m'as dit que tu ne viendrais plus, que tu voulais partir, quitter tout ça, cette ville, ce pays, mais regarde, tu es encore là. »

Est-ce là que tu as vraiment disparu amour ? parce qu'elle te lançait un défi ?

Ou est-ce parce qu'elle est morte ? Est-ce sa tombe plutôt que celle de ta mère que je dois veiller dans l'espoir de te voir apparaître ?

J'écoutais Terence réciter les mots de Sara comme s'il revivait ce moment encore et encore, comme s'il avait lu ton carnet, tes notes et j'ai su dans l'instant ce que portait ma croyance, ma certitude. Tu as attendu Sara, tu as toujours été présent, tu l'as espérée, cherchée, aimée, tu lui as rendu sa vie, sa mémoire et une forme de paix. Tu n'étais pas là le jour où elle a confié ces mots à Terence mais je veux croire que tu es venu le lendemain, la semaine d'après et qu'elle a pu te dire tout cela avant de mourir. Et que cette foi t'habite comme elle m'habite. Son pardon, son amour ou sa confiance, la mémoire retrouvée.

Si je recompose toutes les pièces de nos enquêtes et que je me souviens du premier jour où je t'ai rencontré, je vois apparaître un autre homme, ton visage n'est plus le même mais je t'aime dans l'instant, là aussi. Tu as été un étudiant révolté, tu as été arrêté et questionné un jour entier, tu as été relâché, peut-être à la condition de trahir les tiens, peut-être en étant suivi, surveillé par les services, tu as étudié et milité comme avant en te sentant invincible, et puis tu as tout perdu : tes amis ont été arrêtés, la femme que tu suivais dans la rue, que tu admirais, au point d'assister à tous ses cours, a été enlevée et tu n'as plus eu de nouvelles, tu as continué à étudier mais en te sentant si seul, en cherchant déjà partout des réponses, tu t'es senti coupable et tu l'étais, tu avais été imprudent ou lâche, et tu te sentais pris au piège par ce pays, son État, ton âge, ce que tu avais fait ou pas fait, tu avais déjà décidé que tu chercherais toujours cette femme puisqu'elle représentait tout ce que tu avais perdu, ta jeunesse, ton innocence, ton amour, ta révolte. Tu étais cet homme-là quand je t'ai rencontré et tu ne pouvais rien me dire.

Il m'aura fallu toutes ces années, amour, pour te trouver.

Tu ne m'as pas dit toute la vérité sur cette femme, mais tu m'as parlé d'elle, tu m'as guidée vers son histoire, tu m'as permis de revenir vers ce pays et vers toi, tu m'as fait croire à nouveau et je ne veux pas cesser de t'attendre, de te guetter et de t'aimer.

Tu ne m'as pas dit toute la vérité sur elle mais t'ai-je dit toute la vérité sur moi quand nous nous sommes rencontrés ? Sur la jeune fille de dix-sept ans qui venait à Yaoundé, perdue, muette, blessée, sur ma peur, mes façons de me cacher ? Est-ce que je n'ai pas décidé d'être une autre avec toi, à l'instant où je t'ai vu ? Est-ce que tu as décidé la même chose ? Sara était en prison alors, un chapitre enfoui, secret et j'étais là.

Parfois je t'imagine dans une de ces prisons secrètes, là où avait été envoyée Sara pour un mot, un cours, un geste qui aurait déplu. Ça rendrait ton silence compréhensible : tu ne peux pas parler. Parfois je t'imagine sur une île ici, celle de Manoka, sur l'île Djébalé au milieu du Wouri, sur l'île de Nicholls au large de Bimbia, sur l'île de Dipikar.

Je te promets de visiter toutes les prisons et toutes les îles.

Parfois j'imagine aussi que Terence tient ma main et qu'il a accompli ce que je lui avais demandé le soir de notre première rencontre : il a terminé mon roman, il a retrouvé la disparue. Et en écrivant la suite de ce livre il m'a offert une vie nouvelle, désirée.

Je ferme les yeux. Je me promets de croire tous les récits, tous les rêves, toutes les fictions, toutes les histoires, parce qu'elles naissent ici, à Yaoundé, parce qu'elles me font croire que je vais bientôt te retrouver.

Ce roman est né sous le manguier et dans la cour de la fondation MAM, à Suza. Merci à celles et ceux qui étaient là à Suza, à Campo, à Douala, à Yaoundé, à Paris et qui ont accompagné chacune et chacun à leur manière l'écriture de ce livre : Hemley, Mareme, Mbougar, Beata, Clara, Laurence, Philippe et Maud. À ma famille, mes parents et mes enfants. Merci à Stéphanie, à Manuel et à Léa pour leur confiance, leur regard, leurs remarques précieuses.

Cet ouvrage a été composé
par PCA
et achevé d'imprimer en mai 2024
par l'imprimerie Laballery à Clamecy
pour le compte des Éditions Stock
21, rue du Montparnasse, 75006 Paris

PAPIER CERTIFIÉ

Imprimé en France

Dépôt légal : août 2024
N° d'édition : 01 – N° d'impression : 404446
14-51-5092/2